Meiden zijn gek… op shoppen

Lees ook de eerdere delen van *Meiden zijn gek...*:

Meiden zijn gek... op jongens
Meiden zijn gek... op geheimen

MARION VAN DE COOLWIJK

MEIDEN ZIJN GEK...

OP SHOPPEN

Van Holkema & Warendorf

ISBN 978 90 475 0988 2
NUR 283
© 2009 Uitgeverij Van Holkema & Warendorf,
Unieboek BV, Postbus 97, 3990 DB Houten

www.unieboek.nl
www.marionvandecoolwijk.nl

Tekst: Marion van de Coolwijk
Omslagontwerp: Marlies Visser
Foto's omslag: Getty Images/Paul Burley Photography
Achtergrond omslag: Indian Textile Prints, The Pepin Press,
www.pepinpress.com
Zetwerk binnenwerk: ZetSpiegel, Best

HOOFDSTUK 1

'Saartje! Wakker worden!'

Een deur knalde dicht en Saartje knipperde met haar ogen. Wie schreeuwde daar zo?

Slaperig keek ze op haar wekker die op het nachtkastje naast haar bed stond. Met een ruk vloog ze overeind. 'Acht uur? Maar...'

Het dekbed gleed weg en Saartje zwaaide haar benen opzij. Met een noodvaart rende ze haar kamer uit in de richting van de badkamer. 'Had je me niet eerder wakker kunnen maken?' riep ze boos terwijl ze een handdoek van het rek griste. Zonder een antwoord af te wachten, knalde ze de badkamerdeur dicht en draaide de kranen open. Haar shirt smeet ze in de hoek van de badkamer.

Ongeduldig wachtte ze tot het water de juiste warmte had. Ze had een hekel aan een te hete of te koude douche. Saartje hield haar hand onder de waterstralen en schudde haar hoofd. Ze had geen tijd voor een lekkere douche. Ze had zich verslapen. Voor de derde keer deze week. Met samengeknepen ogen en gebalde vuisten stapte ze onder de douche. Ze rilde, maar zette door.

Dertig seconden later draaide ze de kranen dicht en droogde zich af. Ze sprintte terug naar haar kamer. Zonder na te denken griste ze haar broek van haar bureaustoel. Uit haar kast trok ze een schoon shirt. Even later stormde ze aangekleed en wel naar beneden.

Haar moeder stond met haar jas aan bij de deur. 'Ik moet gaan. Waar bleef je nou? Ik heb je al een uur geleden geroepen.'

'Sorry.' Saartje hijgde en ze wurmde haar rode krullenbos in een elastiekje. 'Weer in slaap gevallen.' Ze keek verbaasd naar de lege keukentafel. 'Heb je al afgeruimd?'

'Ik ben rond zessen thuis vanavond,' ging haar moeder onverstoorbaar verder. 'Papa heeft vanavond een vergadering. Zal ik vanavond een salade voor ons meenemen?'

Saartje knikte en trok de koelkast open. 'Ja, ja... is goed.'

Haar moeder knikte. 'O ja, ik heb net alles opgeruimd hier. Ik wil graag dat het netjes blijft vandaag. Geen visite mee tussen de middag, graag.'

Saartje draaide zich om. 'Mag ik nu nog wel wat

eten? Of is dat ook verboden?' Haar ogen schoten
vuur.

Haar moeder gaf een kushand en verdween. Saartje
hoorde sleutels rinkelen en de voordeur dichtvallen.
'Jij ook een fijne dag!' mompelde ze, terwijl ze een
boterham uit de broodzak trok.

Ze schonk een glas melk in en pakte een plak kaas
die ze op de boterham legde. Met haar voet duwde
ze de koelkast dicht en propte haar ontbijt naar binnen. De wijzers van de klok wezen het begin van de
schooltijd aan.

Na een snelle tandenpoetsbeurt pakte ze haar sleutels en trok haar jas aan. Meester Kas zou het vast
niet wéér door de vingers zien als ze voor de derde
keer deze week te laat kwam.

Snel keek ze achterom. Was ze niet iets vergeten?
Maar ze kon niets bedenken en trok de voordeur ach-
ter zich dicht. Haar fiets stond tegen de schuur aan.
Die had ze gistermiddag niet binnengezet.

Meteen wist ze weer waarom en ze schaamde zich
opeens een beetje. Ze herinnerde zich alles nog tot in
detail. Haar hand gleed in haar broekzak. De ring
zat er nog. Ze aarzelde, maar kon de verleiding niet
weerstaan. Voorzichtig haalde ze de ring uit haar
broekzak en schoof hem om haar vinger. Hij paste
precies.

Saartje glimlachte. Wat zouden de meiden op school
opkijken.

7

Terwijl ze de straat uit fietste, kon ze haar ogen niet van de ring afhouden. Wat was hij mooi! Zilver, met kleine, donkere ingegraveerde lijnen. In het midden zat een blauw glimmend steentje. Een soort diamant.

Saartje spreidde haar vingers, zodat de ring nog mooier uitkwam.

Schaamte en geluk gingen tegelijkertijd door haar heen. Ze wist dat ze fout was geweest toen ze de ring gisteren stiekem had meegenomen uit die winkel, maar het voelde zo goed om hem aan haar vinger te zien. Vorige keer, toen ze dat bruine sjaaltje zonder te betalen had meegenomen van die marktkraam, had ook niemand haar betrapt. Het ging zo makkelijk. Het was toch gewoon dom van die mensen dat ze niet beter oppletten? En dat ene sjaaltje... wat kostte dat nou?

Ook dit keer had ze zich verbaasd over het gemak waarmee ze de ring kon meenemen. Het meisje uit de winkel was druk bezig geweest met een andere klant en Saartje kon de ring zomaar uit de vitrine pakken en aan haar vinger schuiven. Het winkelmeisje had haar vriendelijk aangekeken en Saartje had bewonderend staan kijken naar het sieraad.

'Mooi, hè?' had het winkelmeisje gezegd en Saartje had geknikt.

Terwijl Saartje de ring van alle kanten had bekeken, was het winkelmeisje met een andere klant mee ge-

lopen en uit het zicht verdwenen. Er was verder niemand in de winkel aanwezig geweest.

Zonder erbij na te denken was Saartje met de ring
aan haar vinger de winkel uit gelopen. Stom natuurlijk, want voor hetzelfde geld was er een alarm gegaan. Maar wonder boven wonder had ze ongestoord
naar buiten kunnen lopen. Zonder nog om te kijken
was ze tussen het winkelende publiek verdwenen.

De eerste minuut had ze haar hart in haar keel voelen bonken. Dit was geen sjaaltje van twee euro.
Deze ring was behoorlijk duur. Ze had zoiets nooit
van haar zakgeld kunnen kopen. Haar hele lichaam
was gespannen en haar bloed stroomde als een kol-
kende rivier door haar aderen. Tjonge, wat een kick
was dat geweest! De mensenmassa op straat was
langs haar heen gegolfd. Ze had geen gezichten gezien, geen details, alleen maar schimmen. Schimmen
die haar moesten verbergen. Ieder moment had ze
een alarmsignaal verwacht. Het kon toch niet zo zijn
dat ze haar lieten gaan?

Met snelle passen was ze naar de tram gelopen die net
aan kwam rijden en was ingestapt. Toen ze de halte
achter zich had zien verdwijnen, kon ze pas rustiger
ademhalen. Pas toen had ze beseft wat ze had gedaan.
Twee haltes verder was ze uitgestapt en via een gracht
was ze teruggelopen naar haar fiets.

Met de ring nog steeds aan haar vinger was ze naar
huis gefietst.

Toen ze haar fiets thuis tegen de schuur had gezet en ze haar ouders door het raam in de kamer had zien zitten, realiseerde ze zich dat ze nu een dief was. Ze had zonder te betalen iets uit een winkel meegenomen. Voordat ze naar binnen was gestapt, had ze de ring in haar broekzak gestopt.

Saartje trapte stevig door. Het was allemaal zo snel gegaan. Ze klemde haar hand om het stuur. Natuurlijk zou de ring opvallen als ze hem bleef dragen. Ze moest een goede smoes bedenken. Als haar ouders erachter kwamen dat ze iets had gestolen...

Saartje haalde diep adem. Ze had de hele dag de tijd om een smoes voor te bereiden. Dat moest lukken.

Meester Kas was inderdaad niet blij dat Saartje te laat kwam en gaf haar zwijgend haar rekenboek. Stilletjes schoof ze op haar stoel en sloeg haar boek open. Haar vriendinnen waren ijverig aan het werk. 'Waar bleef je nou?' siste Nikki. 'Je zou helpen.'

Saartje schrok. Helemaal vergeten. Ze hadden gisteren afgesproken om iets eerder op school te zijn om de gymles voor te bereiden. Meester Kas gaf elke maand een groepje kinderen uit de klas de opdracht om een gymles te bedenken en te geven. Dat was hartstikke leuk en dit keer waren Janine, Nikki, Valerie en Saartje aan de beurt.

'Sorry,' fluisterde Saartje. 'Helemaal vergeten. Hebben jullie iets?'

'Ja,' zei Janine zacht. 'Iets met apenkooien, maar jij had een leuk balspel zei je.'

Saartje knikte. 'Ik vertel het straks wel, goed?'

'Dames!' De stem van meester Kas doorbrak de rust in de klas. 'Gaan we aan het werk?'

Saartje pakte haar rekenschrift en pen. Zie je wel dat ze vanochtend iets vergeten was?

Terwijl haar pen over het papier gleed en ze de getallen opschreef, wiebelde de ring aan haar vinger heen en weer. Het leidde haar af.

Ook Janine had de ring gezien. Ze tikte met haar pen tegen de blauwe steen en keek Saartje vragend aan.

Saartje keek over haar schouder naar de meester, die iets zat te lezen. 'Straks... in de pauze,' fluisterde ze. Nu keken ook Valerie en Nikki op. Janine tikte nog een keer op de ring en maakte een kusbeweging.

Saartje voelde haar wangen rood worden. Haar vriendinnen dachten dat ze de ring had gekregen van een jongen. Snel sloeg ze haar ogen neer. Haar gedachten gingen razendsnel. Dat was het! Waarom niet? Janine had verkering met Niels. Zij had een ring van hem aan haar vinger. Een ring duidde op een vriendje... Wat Janine kon, kon zij ook!

Saartje knikte en glimlachte, waarop haar vriendinnen onrustig heen en weer begonnen te schuiven.

'Dames?' Meester Kas keek op. 'Laatste waarschuwing.'

Saartje trok haar hand terug en boog zich over haar werk. Echt concentreren kon ze zich niet. Steeds zag ze de kusbeweging van Janine weer voor zich.

Ze kon nu niet meer terug. Haar vriendinnen hadden haar glimlach vast opgevat als bevestiging. Ze dachten nu natuurlijk alle drie dat ze een vriendje had.

Saartje keek op. De klok aan de muur gaf haar nog een uur. Een uur om haar verhaal geloofwaardig te maken. Straks in de pauze zou ze haar vriendinnen moeten overtuigen van haar nieuwe vlam. Ze moest een goed verhaal bedenken.

Saartje beet op haar pen. Als ze dan toch aan het verzinnen sloeg, kon ze het beter meteen goed doen. Eens even denken...

Hij moest leuk zijn, knap, slim en vooral heel lief. In gedachten zag ze hem voor zich en ze wist meteen hoe hij moest gaan heten. 'Jerry,' fluisterde ze en ze had niet in de gaten dat haar vriendinnen haar met open mond aanstaarden.

'Dus hij heet Jerry?' Valerie liep naast Saartje de klas uit. Janine en Nikki volgden.

'Hoe weet jij dat nou?' Saartje was stomverbaasd toen ze de naam hoorde die ze net verzonnen had.

'Kennen we hem?' Janine opende de buitendeur en de meiden liepen met de stroom kinderen mee naar buiten. Saartje gebaarde dat ze haar moesten volgen en liep naar de bank bij de grote boom, achter op het schoolplein.

'Nou, vertel op!' zei Valerie. 'Wie is Jerry?'

'En heb je die ring van hem?' vulde Janine aan.

Saartje haalde diep adem. 'Jullie kennen hem niet,' begon ze haar verhaal. De nieuwsgierige blikken van haar vriendinnen deden haar goed. Ze stond in het middelpunt van de belangstelling en dat wilde ze zo lang mogelijk zo houden.

'Hij woont in een andere stad.'

'Waar?' vroeg Janine direct.

'Eh... Haarlem.' Saartje nam zich voor om niet meer te aarzelen. Haar verhaal moest geloofwaardig zijn. 'Het is de buurjongen van mijn oma,' verzon ze. 'En heel knap.' Ze sloeg haar handen in elkaar en zuchtte.

'Heb je een foto van hem?' vroeg Nikki.

'Nee!' Het was eruit voor ze het wist. Saartje had helemaal niet gedacht aan de mogelijkheid dat ze een foto moest kunnen laten zien. Ze kuchte. 'Nee,' zei ze toen wat zachter. 'Maar ik heb geen foto nodig om hem voor me te zien.' Ze probeerde de aandacht af te leiden door weer heel dromerig te kijken.

'Zit-ie op Hyves?' vroeg Nikki, die niet zo snel opgaf. 'Daar staan dan toch wel foto's op?'

Saartje schudde haar hoofd. 'Nee, hij heeft geen computer.'

'O?' Drie paar ogen keken haar vragend aan.

'Jerry woont in een pleeggezin,' ging Saartje verder.

Ze stond verbaasd over haar eigen verzinsels. 'Hij heeft het daar een beetje moeilijk, snap je?'

'Nee, niet echt,' zei Nikki.

'Jerry heeft geen ouders meer,' zei Saartje en ze voelde zich steeds verder wegzakken in haar leugens. 'Hij woont tijdelijk bij dat gezin. Ze geven hem natuurlijk niet zomaar meteen een computer.'

'Hoe heb je hem leren kennen?' vroeg Valerie.

'Door haar oma, suffie,' zei Janine. 'Dat zegt ze net.'

'Nee, dat zegt ze niet,' antwoordde Nikki. 'Ze heeft gezegd dat hij naast haar oma woont. Niet hoe ze hem ontmoet heeft...' Ze keek Saartje aan. '... en hoe ze verkering kregen.'

Ze wijst naar de ring aan Saartjes vinger. 'Hij heeft geen geld, maar kan wel een dure ring betalen?'

Het was duidelijk dat Nikki het niet helemaal geloofde.

'Deze ring was van zijn moeder,' verzon Saartje.

'Zo... dus het is echt aan?' mompelde Janine. 'Wat romantisch.'

'Je hebt ons nooit iets verteld over die Jerry,' zei Nikki. Ze keek Saartje onderzoekend aan. 'Ik dacht dat we elkaar alles zouden vertellen?'

'Doe niet zo nega,' zei Janine. 'Het gaat er toch om dat ze verkering hebben?' Ze keek naar Niels, die met de jongens aan het voetballen was. 'Het is zo heerlijk om verliefd te zijn, vind je ook niet, Saartje?'

Saartje knikte. 'Ja, echt wel!' Ze hief haar hand en liet de ring in het zonlicht schitteren.

'Hoe oud is-ie?' vroeg Valerie.

'Dertien,' zei Saartje. 'Net geworden van de week.' Het liegen ging haar steeds beter af. Nog even en ze geloofde zichzelf.

'Hebben jullie gezoend?' Janines ogen straalden.

Saartje keek verlegen. 'Wat dacht je zelf?'

'Ja, hou maar op,' snauwde Nikki. 'Dat kleffe gedoe hoef ik niet te horen.'

Saartje glimlachte. 'Nikki heeft gelijk. Ik heb al genoeg verteld.' Ze keek naar Nikki's schoenen. 'Nieuw?'

De meiden waren direct afgeleid en staarden naar Nikki's nieuwe schoenen. Saartje haalde opgelucht adem.

'Ja, gisteren gekocht,' zei Nikki trots. 'Mijn moeder was in een goede bui.' Ze straalde. 'Ik had ze van de week al gezien, maar ik durfde het niet te vragen. Die gympen die ik vorige maand kreeg waren al zo duur.'

'Zijn dit echte?' zei Valerie. 'Die van die reclame?'

Nikki knikte. 'Ja, ik ben er echt superblij mee.'

'Nou, dat kan ik me voorstellen.' Janine lachte. 'Zulke schoenen krijg ik van zijn lang zal ze leven niet. Veel te duur.'

Nikki leek zich een beetje verlegen te voelen onder het commentaar. 'Mijn moeder had een van haar schilderijen verkocht en ik mocht iets uitkiezen wat ik heel graag wilde. Ze vond dat ik ook mee mocht genieten van de meevaller.'

'Geef mij zo'n moeder,' mompelde Saartje.

'Jij hebt van de week dat nieuwe shirt gehad van je ouders,' reageerde Nikki. 'Ook niet slecht.'

'Jawel…' Saartje zuchtte. 'Maar dat was meer omdat mijn moeder dat shirt zo leuk vond. De dochter van haar vriendin had het aan op een feestje en toen dacht ze dat het mij ook leuk zou staan.'

'Dan had ze gelijk,' zei Janine. 'Dat shirt is echt te gek! Beter dan dit rokje dat ik zaterdag van mijn broer kreeg.' Ze trok haar rok recht en bekeek de bonte patronen op de stof. 'Hij zei dat het helemaal hip was, maar ik moet er nog steeds aan wennen. Wat vinden jullie?'

'Hebben we al gezegd, toch,' zei Saartje. 'Ik vind 'm te gek cool.'

'Wel handig zo'n oudere broer.' Valerie keek jaloers naar de nieuwe rok van Janine.

Saartje ging verder. 'Ja, je valt echt op.'

'Echt?' Janine keek bedenkelijk. 'Maar dat wil ik helemaal niet.'

'Waarom niet?' Saartje keek verbaasd. 'Welke meid wil er nu niet opvallen?'

'Ik!' zei Janine. 'Ik heb al verkering en…'

'Wat is dat nu voor bullshit,' riep Saartje uit. 'Dus als je verkering hebt, mag je er niet leuk uitzien?'

16

'Dat zei ik niet,' stamelde Janine, die de heftige reactie van Saartje zo te zien maar vreemd vond. 'Ik zei...'

'Kappen!' riep Nikki. 'We gaan toch geen ruzie maken over kleding?'

'Ja,' zei Valerie. 'Mee eens.' Ze boog haar hoofd. 'Ik ben best jaloers op jullie. Nieuwe schoenen, nieuwe rok, nieuw shirt. Bij mij thuis zit dat er niet in.'

Er viel een stilte. Ze wisten allemaal dat de ouders van Valerie het niet zo breed hadden. Valerie kreeg meestal kleren van oudere nichtjes en kennissen. Wel mooi... maar niet haar eigen keuze en al helemaal niet nieuw. Ze liep altijd een jaar achter met de mode.

'Die auditie woensdag wordt echt een probleem, meiden,' ging Valerie verder. 'Wat moet ik aan?' Ze keek op. 'Als ik zo'n shirt had als jij...' Ze keek naar Saartje. 'Of schoenen zoals jij...' Ze keek naar Nikki. 'Dan zou ik me een stuk beter voelen.'

'Je mag mijn schoenen wel lenen,' stelde Nikki voor. 'Ik heb toch jouw maat niet,' zei Valerie. 'Maar evengoed bedankt.' Ze keek hoopvol naar Saartje, maar die reageerde niet echt. De boodschap kwam goed over. Op het lenen van haar shirt hoefde Valerie niet te rekenen. Ze zou het shirt maar uitrekken.

Valerie glimlachte. 'Ik kijk wel,' zei ze. 'Misschien vind ik nog een leuke combi in mijn eigen klerenkast.' Ze keek naar Janine. 'Of heb jij nog een idee? Wij hebben dezelfde maat.'

17

Janine zat half omgedraaid naar de jongens te kijken die in de verte aan het voetballen waren.

'Hallo!' riep Valerie en ze tikte Janine aan. 'Ik vroeg je wat.'

'Huh? Wat?' Janine keek om. 'Sorry, ik was even afgeleid.'

'Niels!' stelde Saartje vast. 'Kun je die jongen nu niet heel even uit je hoofd zetten?'

Janine zuchtte. 'Dat moet jij toch weten.'

'Hoezo?'

'Denk jij niet de hele tijd aan Jerry?'

Saartje bloosde. 'Eh, ja... tuurlijk. Gaat vanzelf, hè?'

'Verkering is zo leuk,' ging Janine verder. 'Willen jullie geen verkering?' vroeg ze aan Nikki en Valerie.

'Voorlopig maar niet,' mompelde Nikki.

'Nee,' zei Valerie. 'Ik heb het ook veel te druk met mijn audities nu. Er is maar één jongen waar ik een uitzondering voor zou maken... en dat is Mark.'

'Die acteur Mark Didam?' riep Saartje. 'Die de rol van Freaky Freek speelt in de soap *School op stelten*?'

Valerie knikte. 'Ja, op hem kan ik echt verliefd worden. Hij is zo... knap en lief. Stel je voor dat ik die rol krijg waarvoor ik nu audities doe. Dan ben ik straks elke dag bij hem in de buurt. Reken maar dat ik er dan werk van ga maken.'

Er rolde een bal onder de bank en Myren kwam aangerend. Hij bukte om de bal te pakken en de meiden tilden hun voeten op.

'Hé, Myren,' zei Nikki. 'Wist je al dat Saartje verkering heeft?'

Myren stond op en liet de bal een keer stuiteren. 'Nee, echt?' Hij keek naar Saartje en glimlachte. 'Fijn voor je. Doei!' Hij rende weer terug naar de jongens.

Saartje keek beledigd. 'Waarom moest je dat nou zeggen?'

'Mocht dat niet dan?'

'Jawel, maar…' Saartje keek naar Valerie en Janine en zo te zien waren ze het met haar eens. 'Zoiets doe je niet.'

'Waarom niet?'

'Ik vertel toch ook niet iedereen wat jij allemaal uitspookt?'

Nikki keek beledigd. 'Ten eerste spook ik niets uit en ten tweede heb ik geen geheimen, hoor!'

'Ik ook niet!'

'Nou dan? Wat maakt het dan uit?' Ze keek naar Myren. 'Trouwens, het interesseerde hem toch niet echt. Hij vroeg niet eens met wie je dan verkering hebt.'

Op dat moment rolde de bal tegen haar benen. In een reflex schopte ze de bal weg, recht tegen de benen van Thijs aan.

'Au!'

'Oeps, sorry!' zei Saartje. 'Ik zag je niet.'

'Ben je blind of zo?'

'Ja,' zei Nikki grijnzend. 'Blind van verliefdheid.'

Het gezicht van Thijs betrok en hij boog zijn hoofd.

'O… eh… ja,' stamelde hij.

Nikki boog voorover en keek naar Thijs. 'Word je nou rood?'

Thijs gooide zijn haar naar achteren. 'Echt niet!' Hij pakte de bal en stoof terug naar zijn vrienden.

'Zag je dat?' zei Nikki. Ze keek naar Saartje.'Hij werd verlegen… door jou!'

Saartje schudde haar hoofd. 'Doe niet zo stom!'

'Nee, echt.' Nikki boog zich naar Saartje toe. 'Toen ik zei dat jij verliefd bent, kreeg hij een rood hoofd. Hij denkt vast dat je op hem bent.'

Saartje keek naar Thijs die over het plein rende. 'Misschien is hij wel op mij.'

'Bof jij even!' riep Valerie. 'Jerry en Thijs… Je kunt nu kiezen!'

'Ik hoef helemaal niemand te kiezen,' zei Saartje, maar ze gluurde naar Thijs die net de bal wegschopte. Zou hij echt verliefd op haar zijn?

HOOFDSTUK 2

'Mam?' Valerie stond met het zweet op haar rug voor haar kledingkast. 'Ligt mijn gele shirt nog in de was?'

'Geen idee, lieverd,' antwoordde haar moeder, die net langsliep met een strijkplank in haar handen. 'Ik heb gisteren alles met de hand gewassen. Heb je in de wasmand gekeken?'

'Ja, hij is nergens te vinden. Niet in de wasmand, niet op de strijkstapel en niet in mijn kast.' Valeries gezicht stond op onweer. 'En ik moet naar die auditie volgende week woensdag.'

'Dan trek je wat anders aan, toch?' Haar moeder liep door.

Valerie liet zich op haar bed vallen. De openstaande klerenkast maakte haar alleen maar depressiever. 'Maar ik heb niets om aan te trekken!' mompelde ze moedeloos. Met een woest gebaar trok ze haar rok uit en smeet die terug in de kast. Hij viel op haar schoenen die op de bodem van de kast stonden.

'Heb je soms nog een jutezak over?' schreeuwde ze, maar haar moeder reageerde niet. In de verte hoorde ze haar de strijkplank openklappen en even later het sissen van de strijkbout. Haar moeder was haar buien wel gewend.

Valerie sloeg met haar vuist in haar dekbed. Wat moest ze nu aandoen? Het was haar enige kans op die rol in *School op stelten*. Die mocht ze niet verknallen.

Ze keek naar de papieren op haar bureau. De tekst van de rol kende ze van voor naar achter en andersom. Ze had zich suf geoefend de afgelopen weken, dus daar zou het niet aan liggen. Nee, als ze die rol niet kreeg, dan zou het aan haar styling liggen. Ze liep gewoon hopeloos achter wat betreft de mode.

Ze had zich tot aan groep vier nooit zo druk gemaakt om het feit dat ze bijna nooit nieuwe kleding kreeg. Ze vond het wel leuk, al die spullen van oudere nichtjes. Verkleden was haar grootste passie en niets was haar te dol. Roze panty's, groene trui, gele schoenen. Ze combineerde alles.

Maar gek was niet altijd hip. Dat had ze al snel begrepen. De meiden op school lieten na een poosje duidelijk merken dat ze haar kledingkeuze wel erg overdreven vonden. Saartje en Janine hadden haar geholpen met keuzes maken. Sommige dingen konden gewoon niet, hadden ze tegen haar gezegd. Eén felle kleur ging nog net, maar dan niet in combinatie met andere felle kleuren. Valerie wilde er graag bijhoren en luisterde goed naar de adviezen van haar vriendinnen. Ook keek ze wat meer naar andere meiden op straat, op televisie en in de bladen. Ze kleedde zich nu zoals de meeste meiden, maar echt trendy was het niet. Hoe kon het ook, met afdankertjes van anderen?

Ze kon zich nu niet meer voorstellen dat ze als klein kind grote delen van de dag in jurken van haar moeder had gelopen. Of in de pakken van haar vader, de hoed van opa, het schort van oma... Je kon het zo gek niet bedenken of ze trok het aan. Heerlijk vond ze het vroeger om iemand anders te spelen. Haar houding, haar stem... Alles veranderde meteen als ze zich verkleedde. Haar familie noemde haar al heel jong 'ons toneeltalentje'.

Ze wilde ook echt actrice worden. Toen ze negen jaar oud was, had ze een periode dat ze verpleegster wilde worden, maar dat was maar van korte duur. In de huid van iemand anders kruipen was toch het leukste en ze besloot haar uiterste best te doen om dat doel te bereiken.

Ze had zich ingeschreven bij verschillende castingbureaus en pakte alles aan. Fotoshoots, audities voor reclames, figurantenrollen... Ze had het allemaal gedaan.

Haar ouders lieten haar haar gang gaan, zolang

school er niet onder leed. Haar auditie voor een van de bekendste soaps van Nederland was een twijfelgeval. Als ze de rol zou krijgen, moest ze afspraken maken met de leerplichtambtenaar. Ze mocht niet te veel lesuren missen. Dat had ze allemaal al op internet gelezen.

Valerie wist dat haar ouders ervan uitgingen dat ze de rol toch niet zou krijgen. Er waren drie voorrondes. Ze was de eerste ronde dan wel doorgekomen, maar het werd steeds moeilijker. Woensdag moest ze een scène spelen voor een speciale commissie. Er waren nog acht andere kandidaten. Er was plaats voor drie van de acht kandidaten voor de laatste auditieronde volgende maand. Natuurlijk wilde zij daarbij zijn. Daar had ze alles voor over en het zou fijn zijn als haar kledingkast een beetje mee zou werken.

Het rokje was perfect… alleen een bijpassend shirt ontbrak. Het moest iets zijn met geel of zwart. Het enige shirt dat nog enigszins zou matchen was weg. Pleite! Net nu ze het shirt het hardst nodig had. O, waar kon dat ding nou zijn?

Ze schudde haar hoofd en ging rechtop zitten. Wat nu? Ze moest toch íéts aantrekken woensdag.

Op dat moment ging de telefoon.

'Val? Neem jij hem even?' Haar moeders stem klonk dwingend. Valerie wist dat ze geen keus had en liep naar de telefoon in haar ouders slaapkamer.

'Met Valerie.'

'Hai, met Saartje.'

'O, hoi...'

'Nou, dat klinkt niet echt enthousiast.'

'Nee.'

'Is er wat?'

Valerie zuchtte diep. Saartje had haar auditie nooit serieus genomen. Waarom zou ze dit soort dingen met haar bespreken?'

'Ben je er nog?'

'Ja...'

'Je klinkt zo... zo duf.'

'O.'

'Val, wat is er?'

Valerie gaf het op. 'Ik ben mijn shirt kwijt en ik heb woensdag auditie, dus...'

'Dus?'

'Ik heb niets om aan te trekken, dombo!'

'O... ja... dat is verschrikkelijk.'

Valerie wist niet of ze nu in de maling werd genomen of dat Saartje echt meeleefde. 'Ik zit hier voor mijn kledingkast en voel me steeds rotter. Het ziet er allemaal niet uit.'

'Zal ik langskomen?'

'Helpt dat?'

'We kunnen samen zoeken naar iets... iets... tja... weet ik veel. Ik heb nu eenmaal een betere kijk op kleding dan jij, dus het kan nooit kwaad. Plus dat ik hier weer eens in mijn eentje zit thuis. Mijn vader en moeder zijn aan het werk en ik heb geen zin om hier tot het avondeten rond te hangen.'

'Hmm…' Valerie liet zich overhalen. 'Oké, zie je zo.' Ze hing op en liep naar haar moeder.

'Wie was dat?'

'Saartje,' antwoordde Valerie. 'Ze komt hierheen.'

'Gezellig, blijft ze ook eten?'

'Geen idee,' antwoordde Valerie. 'Kan het vragen. Haar ouders waren er niet, dus…'

Haar moeder zette de strijkbout neer. 'Toch sneu. Dat meisje is zo vaak alleen. Haar vader heeft een groot bedrijf en haar moeder is advocaat. Laatst nog hoorde ik dat ze ook 's nachts wel eens alleen is.' Ze schudde haar hoofd. 'Ik snap niet dat ouders dat doen.'

'Saar is oud en wijs genoeg om alleen te zijn, hoor!' mompelde Valerie. 'Jullie zijn weer het andere ui-terste.'

'Hoe bedoel je?'

Valerie aarzelde. 'Nou, hier is altijd wel iemand thuis.' Ze ontweek haar moeders blik.

'Is dat een probleem dan?'

'Nee, maarre… ik ben hier nooit eens lekker alleen.'

'Lekker alleen,' herhaalde haar moeder. 'Nou, dat is duidelijk. We zullen er voortaan rekening mee houden.'

Valerie wist niet zo goed wat ze nu moest zeggen. Was haar moeder nu gepikeerd?

Valerie zuchtte. Ze deed ook alles verkeerd vandaag. Waarom was ze ook altijd zo'n flapuit?

'Ik ga... eh... mijn kast opruimen,' stamelde ze.

'Strijk ze...'

Zonder een reactie af te wachten liep ze terug naar haar kamer.

Nikki hijgde. De training was zwaar.

'Naar voren!' De trainer gebaarde dat ze richting doel moest.

Nikki nam een spurt en rende Myren voorbij, die de bal voor zijn voeten liet rollen.

'Links!' riep Nikki en ze rende buitenom naar het doelgebied. Myren schoot de bal naar voren. Nikki stak haar been uit en trapte de bal recht in het doel. Er klonk gejuich vanaf de zijkant van het veld. Nikki rende door tot in het doel en gaf de bal nog een trap na in het net.

'Prima!' riep de trainer. 'En dóór... terug naar de middenlijn.'

'Wat heeft die man vanavond?' Myren hijgde en feliciteerde Nikki met haar doelpunt.

'Geen idee,' zei Nikki. 'Ik ben kapot.'

'Ik ook en we moeten nog een kwartier.'

Ze liepen terug naar de middenstip waar de andere spelers uit hun team al klaarstonden. Zo te zien waren ook zij behoorlijk uitgeput. Er klonk heel wat gemopper.

'Het lijkt hier wel een drilkamp!' riep Sven, die zijn voorhoofd met zijn shirt afveegde.

De trainer blies op zijn fluit. 'Uitlopen en omkleden!' Verbaasd keken de spelers hem aan.

'Nu al?' riep Nikki. Ze keek op haar horloge. 'We hebben nog een kwartier!'

'Met zeurende spelers werk ik niet. Hup... onder de douche!'

'Maar...' Nikki stokte. Het gezicht van de trainer stond op onweer. Ze kon maar beter niet tegen hem in gaan.

Langzaam liepen ze naar de kleedkamers.

'We zeurden toch niet?' fluisterde Sven voordat ze naar binnen gingen.

'Een beetje wel,' zei Nikki.

Tien minuten later zaten ze in de kantine achter een groot glas thee. Zoals altijd bleven ze nog even hangen op de club om bij te komen van de training.

'Zo.' De trainer schoof een stoel naar achteren, draaide die om en ging achterstevoren op de stoel zitten met zijn ellebogen op de stoelleuning.

Niemand zei wat.

'Zaterdag hebben we een belangrijke wedstrijd,' ging de trainer verder. 'Met zeuren komen we er niet.' Hij keek de groep rond. 'Ik had meer van jullie verwacht.'

Nikki kon zich niet langer inhouden. 'We hebben vreselijk ons best gedaan!'

'Weet ik,' zei de trainer met een grijns. 'Maar net niet best genoeg. Ik wilde jullie tot het uiterste laten gaan. Kijken of jullie de winnaarsmentaliteit hebben die we zaterdag nodig hebben.'

'Had dat dan gezegd,' mompelde Myren.

'Wat zei je, Myren?'

'Niets!'

Nikki ging staan. 'Hij zei…"had dat dan gezegd".' Ze keek de trainer aan. 'En daar ben ik het mee eens. Als we geweten hadden dat u ons aan het testen was, dan…'

'Dan hadden jullie niet lopen zeuren?' maakte de trainer de zin af.

'Inderdaad!' Nikki keek hem recht aan. 'We zijn knokkers, dat weet u best. Als het moet, gaan we ervoor.'

'Zaterdag gaan we winnen,' riep Myren en er klonk instemmend gemompel.

'Wat gaan we doen?' riep de trainer en hij hief zijn arm.

'Winnen! Winnen! Winnen!' Iedereen schreeuwde mee, zelfs Nikki.

De trainer glimlachte. 'Zo ken ik jullie weer,' zei hij toen het lawaai verstomde. 'Zorg dat je zaterdag topfit bent.'

Nikki en Myren fietsten samen de Hoofdstraat in. Het begon te schemeren.

'Wat zei jij nou vanmorgen over Saartje?' begon Myren. 'Heeft ze verkering?'

Nikki knikte. 'Ja, met een of andere Jerry.'

'Kennen we die?'

'Nee, hij woont in Haarlem in een pleeggezin en is dertien jaar oud. Meer weten wij ook niet. Hoezo?'

Myren haalde zijn schouders op. 'Zomaar, ik...' Hij zweeg. 'Laat maar.'

'Ik dacht hetzelfde,' zei Nikki, terwijl ze links afsloegen. Ze zouden nog een paar honderd meter samen fietsen, voordat ze ieder een andere kant op moesten.

'Wat dacht ik dan?' vroeg Myren lachend.

'Nou, gewoon... dat Saartje snel over jou heen is. Een paar weken geleden was ze nog smoorverliefd op jou.'

'Maar ik niet op haar,' zei Myren, die zich zichtbaar ongemakkelijk voelde bij de herinnering aan zijn gesprek met Saartje in de tuin van de meester.

'Weet je,' ging Nikki verder. 'Ze deed vreemd vanochtend. Stil. Normaal gesproken wil ze ons altijd van alles vertellen. Zelfs dingen die we eigenlijk niet willen horen. Vanochtend was het anders... Alsof ze juist niets wilde vertellen.'

'Hmm, verliefd dus.'

Nikki schudde haar hoofd. 'Nee, dat geloof ik niet. Verliefd zijn is anders.'

Myren lachte. 'En daar weet jij alles van?'

Nikki voelde haar wangen rood worden. 'Eh... nee, ik niet,' zei ze snel. 'Maar Janine wel. Die is echt verliefd. En dat zie je aan alles. Ze is vrolijk, kijkt de hele tijd naar Niels en ze heeft het ook de hele dag over hem. We worden er gek van.'

'En Saartje doet niet zo?'

'Nee. Ze wilde niet over die Jerry praten. Het is dat Janine die ring zag, anders had ze ons niets verteld. Ik denk dat er iets is met die jongen wat wij niet mogen weten.'

'Meidendingen,' verzuchtte Myren. 'Ik ben blij dat ik een jongen ben.'

'Ik ben ook blij dat jij een jongen bent,' flapte Nikki eruit en ze voelde haar wangen weer warm worden.

'Hoezo?'

'Zomaar.' Nikki probeerde zo neutraal mogelijk te kijken en trapte zelfs iets harder, zodat Myren haar gezicht niet kon zien. Ze hield haar stuur met één hand vast.

'Zeg…' Nikki keek opzij. 'Weet jij toevallig of Thijs op Saartje is?'

Myren glimlachte. 'Hoezo?'

Nikki haalde haar schouders op. 'Ik weet niet. Hij deed vanochtend heel verlegen. Volgens mij kreeg hij zelfs een rood hoofd.'

'Ik zeg niets,' zei Myren. 'Heb ik beloofd. En nu al helemaal niet. Saartje gaat toch met die Jerry?'

'Dus ik heb gelijk?'

'Ik zeg niets!' Myren remde af.

'Oké, boodschap begrepen. Ik hou mijn mond.'

'Zeg…' Myren kwam weer naast Nikki fietsen. 'Ben jij wel eens verliefd geweest?'

'Jij?' Nikki probeerde de aandacht af te leiden met een tegenvraag. Ze had geen zin om hier juist met Myren over te praten.

'Ik wel.' Myren ging rechtop zitten. 'Sterker nog… ik ben het nu. En ik wil best zeggen op wie, hoor.'

Nikki stopte met trappen en verloor de grip op haar stuur. Haar hand gleed weg en de voetbaltas wiebelde op haar bagagedrager. Ze probeerde de tas met haar vrije hand terug te duwen naar het midden. Haar stuur slingerde.

'Hé, kijk uit!' riep Myren, maar het was al te laat. Zijn stuur bleef haken in de handrem van Nikki's fiets. Nikki greep haar stuur, maar dat was niet meer te houden. De twee fietsen reden recht op de stoep af.

'Aaaah..!' De schreeuw van Nikki galmde door de straat. Haar voorwiel schuurde tegen de stoep aan en sloeg opzij, recht tegen het voorwiel van Myrens fiets aan. Samen vielen ze opzij en belandden in het gras.

'Au, mijn been!' Nikki voelde haar rechterbeen steken en zag dat het onder de fietsen vastzat. Voorzichtig probeerde ze haar been eronder vandaan te trekken. Myren was over Nikki heen getuimeld en kroop nu naar haar toe.

'Wacht, ik trek de fietsen omhoog,' zei hij.

Op zijn knieën tilde hij de twee fietsen iets op zodat Nikki haar been ertussenuit kon trekken.

'Au, au...' Ze jammerde en keek naar de scheur in haar broek. Er sijpelde bloed door de stof heen.

'Je bloedt!' Myren trok de broekspijp van Nikki omhoog en liet opgelucht zijn schouders zakken. 'Het valt mee. Het is maar een schaafwond.'

'Het valt helemaal niet mee!' riep Nikki. Ze beet op haar lip. 'Het doet zeer.'

'Schaafwonden doen altijd zeer,' stelde Myren haar gerust. 'Kom, ik help je overeind.'

Nikki probeerde te gaan staan, maar haar been wilde niet. Myren kon haar nog net op tijd vastgrijpen, anders was ze gevallen. Nikki stond nu op één been en kreunde. 'Er is vast iets gebroken,' jammerde ze. 'Echt, het voelt niet goed.'

Ze liet Myren los en leunde tegen de lantaarnpaal naast haar. 'Nog een geluk dat we die niet geraakt hebben.'

Myren haalde de fietsen uit elkaar en bekeek de wielen. 'Alles ziet er nog goed uit. Kun je fietsen?'

Nikki hinkelde naar haar fiets toe en greep het stuur vast. Voorzichtig ging ze op het zadel zitten en plaatste met haar goede been de trapper omlaag.

'Ik ben bijna thuis,' zei ze. 'Ik probeer het wel.'

Myren hield haar vast toen ze ook haar zere been op de trapper zette. Met een verbeten gezicht duwde ze met haar goede been de trapper omlaag en fietste weg. Myren sprong snel op zijn eigen fiets en ging achter haar aan.

'Blijf achter me fietsen, hoor!' riep Nikki die als de dood was dat ze weer zouden vallen.

'Ik rij mee naar je huis,' zei Myren.

Nikki concentreerde zich op het trappen. Haar goede been deed al het werk. Haar broek schuurde iedere keer tegen de schaafwond waardoor ze telkens door de grond ging van de pijn.

Na een paar minuten strompelde ze haar huis in. De fietsen stonden tegen de heg en Myren ondersteunde haar.

'Wat is er gebeurd?' Nikki's moeder keek geschrokken naar de bebloede broek en nam Nikki van Myren over.

'Ongelukje met de fiets,' kreunde Nikki. 'Fietsen heel, knie stuk.'

Myren stond er wat ongelukkig bij. 'Het ging per ongeluk.'

'Eerst die wond maar eens bekijken,' zei Nikki's moeder. 'Zo te zien is het een flinke schaafwond. Ik haal de verbanddoos en wat te drinken, goed?'

Ze keek naar Myren. 'Je wilt toch ook nog wel wat drinken?'

Myren knikte. 'Ja, lekker.'

Nikki voelde zich wat ongemakkelijk. 'Je mag best gaan, hoor!' zei ze. 'Je hebt vast leukere dingen te doen dan hier naar mijn gekreun te luisteren.'

Maar Myren installeerde zich in de stoel bij het raam. 'Ik heb verder geen plannen.' Hij glimlachte. 'Jij?'

Nikki schudde haar hoofd en voelde haar hart sneller slaan.

'En dit truitje dan?' Saartje haalde een rood shirt onder uit de kast. 'Het is niet geel, maar volgens mij staat het prima bij dat rokje.'

Valerie schudde haar hoofd. 'Mens, dat shirt is van jaren terug. Dat pas ik niet eens meer.'

Saartje smeet het op de berg kleren die op de grond lag. 'Waarom ligt het dan in je kast?' mompelde ze. 'Iets wat je niet meer past gooi je toch weg?'

'Weggooien? Kleren?' Valerie keek ongelovig. 'Kleren gooi je toch niet weg?'

'Ik wel.'

'Echt?'

'Ja, wat moet je met kleren die je toch niet meer draagt?'

'Wij geven de kleren altijd door,' zei Valerie. 'Of we doen ze naar de kringloopwinkel.'

Ze waren nu al een uur aan het zoeken naar de juiste kledingmatch voor Valeries auditie, maar hadden nog steeds niets gevonden.

'Ik geef het op,' zei Valerie.

'Mag je niet iets nieuws kopen?' Saartje schopte de berg kleren richting kast en ging op Valeries bed zitten.

'Ik… Ik denk het niet,' zei Valerie zacht.

'Je mag toch wel eens één keertje een nieuw shirt kopen?'

'Ik heb met de kerst nog een nieuwe jurk gekregen.'

'Een jurk? Welke jurk? Ik heb je nog nooit in een jurk gezien.'

'O, een jurk voor netjes. Die doe ik niet naar school aan.'

Saartje kon zich niet langer inhouden. 'Dus je krijgt wel een nieuwe jurk voor netjes, maar iets nieuws voor naar school zit er niet in?'

'Zoiets ja.'

'Weten je ouders eigenlijk wel hoe belangrijk nieuwe kleren voor een meisje zijn?'

Valerie haalde haar schouders op.

'Ik vind het raar,' ging Saartje verder. 'Je ouders weten toch wel hoe belangrijk die auditie voor je is? Ik snap niet dat jij voor deze ene, superbelangrijke dag, geen shirt mag kopen.'

'Ik heb het niet gevraagd,' bekende Valerie.

'Wat?'

'Ik heb het ze niet gevraagd,' herhaalde Valerie.

'Waarom niet?'

'Omdat het toch niet mag… denk ik.'

'Hoe weet je dat nou?' Saartje wond zich duidelijk op. 'Je ouders snappen toch ook wel dat die auditie afhangt van een coole look.' Ze wees op de berg kleren. 'En die look is absoluut niet cool!'

Valerie boog haar hoofd. 'Dat weet ik ook wel, hoor!'
Ze ging op haar bed zitten. 'Ik wil mijn ouders er
gewoon niet mee belasten. Er zijn belangrijkere dingen dan een nieuw truitje voor mij.'

'Zoals?' Saartje kwam naast haar vriendin zitten.

'Gewoon... van alles. Boodschappen, een nieuwe
band voor mijn fiets.'

'En als ík het nou vraag?'

'Nee!' De stem van Valerie klonk fel. 'Nee, dat wil
ik niet.'

Saartje zweeg.

'Kan ik misschien jouw shirt lenen?' vroeg Valerie
zacht. 'Alleen voor woensdag?'

Saartje schoof wat ongemakkelijk heen en weer.
'Eh... dat gaat niet.'

'Niet?'

'Nee, sorry.' Ze keek naar Valeries schouders. 'Dat
snap je toch wel?'

Heel even lichtten Valeries ogen fel op, maar toen
sloeg ze haar blik neer. 'Oké, dan niet.'

'Het is niet dat ik het niet wil, hoor!' ging Saartje
verder. 'Het is meer dat het niet kan. Mijn moeder
vindt dat niet goed.'

'O?'

Saartje aarzelde. 'Ja, ze wil niet dat ik kleren van anderen draag of uitleen aan anderen. Dat is niet fris,
zegt ze.'

'Je kunt kleren toch wassen?'

'Jawel, maar toch wil ze het niet.'

'En jij dus ook niet?' Valerie keek Saartje aan.

'Je bedoelt stiekem?'

Valerie knikte.

'Nee, nee… laat ik dat maar niet doen.' Saartje plukte aan haar broek. Ze voelde zich duidelijk opgelaten, zag Valerie.

'Oké, dan niet!' Valerie stond op. 'Ik denk dat ik zo moet eten.' Ze liep naar de deur.

Saartje keek op haar horloge. 'Zo vroeg?'

'Ja, we eten altijd vroeg.'

'Mijn moeder komt laat thuis,' zei Saartje. 'We eten straks samen een salade. Mijn vader moet werken.'

'Gezellig.'

'Ja.'

Er viel een stilte.

'Zal ik dan maar gaan?' vroeg Saartje.

'Ja, dat lijkt me het beste.'

Saartje stond op en liep naar de gang. 'Wat eten jullie?'

'Geen idee.'

'Het ruikt lekker.' Saartje snoof de geur op die in het huis hing. 'Mmm.'

Ze liepen samen de trap af. De moeder van Valerie kwam de gang in gelopen. 'Ga je naar huis, Saartje?'

Saartje knikte. 'Ja.'

'Was het gezellig?'

'Ja hoor.'

Saartje trok haar jas aan. 'Eet smakelijk.'

'Dank je. We eten nasi. Wil je soms…'

Valerie liet haar moeder niet uitspreken. 'Saartjes moeder komt zo thuis en dan gaan ze samen salade eten.'

Valeries moeder knikte. 'Nou, eet smakelijk dan ook. Dag!'

Saartje opende de voordeur. 'Tot morgen.'

'Tot morgen,' zei Valerie en ze sloot de deur. Ze wist dat ze niet echt aardig was, maar Saartje was ook niet aardig voor haar. Pfff, kleren niet uitlenen… wat een flauwekul!

'Wat hebben jullie gedaan?' Valeries moeder liep terug naar de keuken.

'O, kleren uitgezocht voor mijn auditie.' Valerie dacht terug aan haar gesprek met Saartje. Zou ze het durven te vragen?

'Mam?'

'Ja, lieverd.'

'Voor die audities woensdag…'

'Ja? Wat is daarmee?'

'Nou, ik heb niets om aan te trekken. Ik bedoel… dat rokje is te gek, maar ik heb er geen shirt bij. Saar en ik hebben de hele kast overhoop gehaald, maar niets is hip.'

'Hip?'

'Ja, hip! In de mode, de laatste trend, cool…' Valeries stem trilde. Snapte haar moeder nou nooit wat?

'Maar wat wilde je nou vragen?'

Valerie haalde diep adem. Dit had ze nog nooit ge-daan. Maar één keer moest de eerste keer zijn. 'Mag ik een shirt kopen voor bij dat rokje?'

Het was even stil. Valerie kon haar eigen hartslag horen. Waarom zei haar moeder nou niets?

'Die auditie is heel belangrijk voor je, hè?' vroeg haar moeder.

Valerie knikte. 'Ja, mam. Please... mag het?'

'Ik zal het met je vader overleggen.'

Valerie kon een glimlach niet onderdrukken. Haar moeder zei in elk geval geen nee.

'Ho, ho, dame. Niet te vroeg juichen. Je weet dat de wasmachine kapot is en dat je fiets een nieuwe ach-terband nodig heeft.'

'Ja, mam.' Valerie wist het maar al te goed. 'Zal ik de tafel dekken?'

Haar moeder glimlachte. 'Hmm, gaan we slijmen?'

'Nee hoor,' riep Valerie. 'Hoe kom je daar nou bij?'

HOOFDSTUK 3

'Ook een beetje dressing?' Saartjes moeder duwde de fles met sladressing over de tafel.

Saartje schudde haar hoofd. 'Nee, ik neem mayonaise.'

Ze stond op en liep naar de koelkast.

'Zou je dat wel doen, lieverd?' vroeg haar moeder.

'Als je ergens dik van wordt, is het wel mayonaise.'

'Ik vind het gewoon lekker,' zei Saartje. 'Jij neemt toch wijn? Dat is ook niet echt gezond.'

Saartje kwam aan tafel zitten en deed wat mayonaise over haar salade.

Haar moeder glimlachte. 'Oké, oké, ik bemoei me er niet meer mee.'

'Mam, ik...' Saartjes gezicht betrok.

'Wat?'

'Niets.'

'Nee, ik zie dat je iets wilt zeggen.'

Saartje beet op haar lip. Hoe moest ze zeggen dat ze juist wilde dat haar moeder zich meer met haar leven bemoeide? Dat ze wat meer zou vragen hoe het met haar ging. Op school, met haar vriendinnen, wat ze leuk vond, waar ze mee zat... Gewoon de moeder-dochterdingen. En dat ze dan ook echt zou luisteren en vragen zou stellen in plaats van alleen de prakti-sche dingen met elkaar te bespreken.

Saartjes moeder legde haar hand op haar arm. 'Zeg het maar. Ik vreet je niet op!'

Saartje kon niet om het grapje lachen. Nu sloeg ze juist nog meer dicht. Hoe kwam dat toch? Waarom had Saartje altijd het gevoel dat haar moeder haar niet serieus nam?

Saartje trok haar arm los en zette de mayonaise terug op tafel. De ring prikte in haar broekzak. Het liefst had ze hem nu aan haar moeder laten zien. 'Eh... niets, laat maar.'

'Zeker weten?'

'Ja, er is niets.'

'Oké... als jij dat wilt. Hoe was het op school?'

Saartje beet op haar lip. Zie je wel! Zo gemakkelijk ging het nu. Alsof haar moeder blij was dat ze er vanaf was. Over koetjes en kalfjes praten konden ze als de beste.

'Goed,' mompelde Saartje.

'Nog iets meegemaakt vandaag?'

'Nee, niet echt. Gewoon...'

'Was het gezellig bij Valerie?'

'Ja, hoor!' Saartje voelde zich ongemakkelijk. Haar moeder probeerde overduidelijk een gesprek te voeren met haar, maar op de een of andere manier kon ze daar niet echt in meegaan. Het waren de standaardvragen die ze elke dag hoorde en ze gaf de standaardantwoorden die ze elke dag gaf. Kon dat nou niet anders?

'Mam?' Saartje keek op. 'Heb jij vroeger wel eens kattenkwaad uitgehaald?'

'Kattenkwaad?' Haar moeder fronste haar wenkbrauwen. 'Zoals?'

'Nou gewoon... iets wat niet mag.'

Saartje ontweek de blik van haar moeder en prikte een tomaatje op haar vork.

'Hoe kom je daar nou opeens bij?'

'O, zomaar. Ik ben gewoon benieuwd hoe dat vroeger was bij jou en papa.'

Saartjes moeder dacht na. 'Iets wat niet mag... eens even denken.' Ze lachte. 'Nou, ik herinner me wel dat ik een keer plastic muntjes uit het winkeltje van school mee naar huis nam. Die muntjes pasten namelijk precies in de kauwgomballenautomaat die aan de muur hing van de sigarenman. Je stopte zo'n muntje erin en dan draaide je en rolde er een kauwgombal uit. Ik heb heel wat kauwgomballen getrokken zo. Gratis en voor niets.' Ze zuchtte. 'Wel zielig voor die sigarenman. Hij miste iedere keer kauwgomballen en vond plastic muntjes.'

Saartje ontspande. Haar moeder genoot zichtbaar van haar eigen verhaal.

'Dus eigenlijk pikte je die kauwgomballen,' zei Saartje.

'Ja, maar dat besefte ik toen natuurlijk niet,' reageerde haar moeder. 'Ik vond het alleen maar spannend.'

Saartje knikte. 'Had je spijt?'

'Toen niet, maar later wel. Toen ik twee jaar later hoorde dat de sigarenman zijn zaak moest sluiten, omdat hij niet genoeg winst maakte, voelde ik me wel schuldig. Ik was waarschijnlijk niet de enige geweest.'

'Van die paar kauwgomballen ga je heus niet failliet. Saartje grijnsde. 'Kom nou!'

Haar moeder schudde haar hoofd. 'Nee, maar het is toch stelen. Stel je voor dat iedereen één klein dingetje pikt uit een winkel. Dat lijkt niet veel, maar alles bij elkaar kan het voor de winkelier nét de druppel zijn.'

Ze legde haar vork neer. 'Ik schaam me nog steeds en ik zal het ook nooit meer doen!' Ze gaf Saartje een knipoog. 'Niet verder vertellen, hoor!'

Saartje schudde haar hoofd. 'Op mijn erewoord.' Ze aarzelde. Ze voelde de ring in haar broekzak prikken. Met haar rechterhand duwde ze hem dieper haar zak in. Ze durfde de ring thuis niet te dragen. Haar moeder zou hem direct opmerken. Wat moest ze dan zeggen? Dat ze hem gekregen had? Ze wilde

44

niet meer liegen. Dat ze hem gestolen had? Haar moeder zag haar aankomen...

Saartje schoof heen en weer op haar stoel. Het verhaal van haar moeder zat haar niet lekker. Zij had die ring gestolen. Het was er maar eentje... de winkel had vol gelegen met ringen. De eigenaar zou hem niet missen, had ze gedacht. Maar nu voelde dat anders. Stel je voor dat iedereen één ring zou meenemen? Dan was de winkel binnen de kortste keren leeg. Nee, ze had iets heel stoms gedaan. Heel even overwoog ze om haar moeder de waarheid te vertellen, maar ze besloot iets anders. Ze zou de ring terugbrengen. Ja, dat ging ze doen! Ze zou hem stiekem terugleggen in de vitrine en niemand zou het merken.

Ze voelde de arm van haar moeder om zich heen en tevreden legde ze haar hoofd op haar moeders schouder.

'Mam?'

'Ja, lieverd?'

'Dit is fijn.'

'Vind ik ook.' Haar moeder gaf haar een kus. 'Weet je wat?' Ze duwde Saartje een beetje van zich af en keek haar opgetogen aan. 'Voortaan eten we elke donderdagavond met zijn tweetjes, zonder papa. Ik haal salade, jij dekt de tafel en dan praten we over van alles en nog wat. Maak maar een lijstje met dingen waar je over wilt praten, goed? Zeven uur? Ik regel het wel met mijn werk en met papa. Weet je wat? Ik bel hem meteen even. Ruim jij even af?'

45

Saartje ging rechtop zitten en de arm van haar moeder gleed van haar schouder. Terwijl haar moeder naar de telefoon liep, stapelde Saartje de borden op elkaar. Dit was nu precies wat ze niet wilde. Waarom moest haar moeder altijd alles plannen? Het idee om iedere donderdag precíes om zeven uur gezellig een lijstje af te werken voelde niet goed. Waarom kon het niet gewoon een keer spontaan?

Zwijgend liep ze naar het aanrecht, terwijl ze haar moeder op de achtergrond vrolijk hoorde praten met haar vader.

De volgende ochtend was Saartje al vroeg op het schoolplein.

'Wat heb jij nou?' Saartje liep naar Nikki toe, die een beetje hinkend over het schoolplein liep. De auto van Nikki's moeder reed de straat uit. 'Ben je door je moeder gebracht? Wat is er met je been?'

Ook Janine kwam er net aanlopen. 'Gevallen?'

Nikki had zich al voorbereid op het vragenvuur van haar vriendinnen. 'Ja, met de fiets... gisteravond toen ik van trainen naar huis ging.'

'Hoe krijg je dat nou voor elkaar?' riep Janine, die vanuit haar ooghoeken naar Niels keek die net het schoolplein opkwam. 'Eh, ik hoor het straks wel. Even naar Niels.' Ze draaide zich om en rende weg.

Valerie kwam eraan en sprong vlak voor het fietsenhok van haar fiets. 'Hé! Wacht even op mij.'

'Ik loop niet weg,' mompelde Nikki, terwijl ze met een schuin oog naar de jongens keek die aan het voetballen waren.

'Is het erg?' vroeg Saartje belangstellend.

Valerie kwam aan de andere kant van haar lopen. 'Wat heb jij nou?'

'Schaafwond en een verdraaide knie,' antwoordde Nikki.

'Wat eeeeerrrrrrug!' Valeries stem schalde over het schoolplein. 'Kind toch!'

Nikki schoot in de lach. 'Doe niet zo dramatisch, zeg. Het is maar een schaafwond.'

Ze zuchtte. 'Het ergste is dat ik zaterdag niet kan voetballen. En we hadden net zo'n belangrijke wedstrijd. Ze kunnen me echt niet missen!'

Saartje haalde haar schouders op. 'Ach, joh! Het is maar voetbal.'

'Voetbal is toevallig wel heel belangrijk voor me,' riep Nikki.

'Voor jou, ja!'

'Wat bedoel je daar nu weer mee?' Nikki vond Saartje vanochtend behoorlijk chagrijnig. Waarom lieten ze haar niet gewoon met rust? Ze had geen zin om over gisteravond te vertellen. Ze begreep zelf amper wat er gebeurd was.

In gedachten zag ze Myren weer voor zich... zijn gezicht dicht bij het hare... zijn ogen... zijn kus op haar wang bij het afscheid... Ze wist niet wat ze er-

47

van moest denken. Hij had geen woord gezegd, maar de blik in zijn ogen en zijn lieve kus hadden haar in verwarring gebracht.

Urenlang had ze wakker gelegen gisteravond. Niet vanwege haar knie. Nee, het waren de woorden van Myren vlak voordat ze met hun fietsen vielen. De woorden dreunden steeds maar door haar hoofd en lieten haar niet los.

Sterker nog... ik ben het nu. En ik wil best zeggen op wie, hoor.

Wat had hij bedoeld? Was hij verliefd op haar? Of juist op iemand anders? Hij had haar gekust... op haar wang. Dat was toch heel gewoon? Ze was gevallen, had een zere knie en dan doe je zoiets. Ze waren toch vrienden? Of was er meer?

Ondanks alle twijfel wist Nikki één ding heel zeker: ze wilde er niet over praten met haar vriendinnen. Nóg niet.

'Niets,' antwoordde Saartje. 'Ik bedoel daar helemaal niets mee. Ik ben gewoon blij dat je been niet gebroken is. Die lantaarnpaal of boom waar je tegenaan bent gereden heeft waarschijnlijk meer schade.'

'Ik reed helemaal niet tegen...' reageerde Nikki fel. Ze stokte. Dit was precies wat Saartje wilde. Als Nikki boos gemaakt werd, zou ze alles vertellen. Nikki slikte. Saartje was slim, maar deze keer zou het haar niet lukken.

'Hoe is het trouwens met die Jerry van jou?' vroeg

Nikki. Haar poging om de aandacht af te leiden mislukte.

Saartje glimlachte. 'Weet je wat ik denk? Je keek achterom naar een leuke jongen en toen...'

'Doe niet zo achterlijk,' reageerde Nikki. 'Zo dom ben ik echt niet.'

'Nou, wat is er dan gebeurd?' vroeg Valerie, die nu ook heel nieuwsgierig was. 'Je doet wel heel geheimzinnig, zeg! Het lijkt wel of je iets te verbergen hebt.'

'Ja,' zei Saartje. 'Dat idee heb ik nu ook opeens.'

Nikki hield haar mond stijf dicht. Ze kregen geen woord meer uit haar.

Saartje keek Nikki onderzoekend aan. 'Eens kijken... wat kan er gebeurd zijn?'

Valerie klapte in haar handen. 'Ik weet het. Er rende een poes over de weg en die wilde je ontwijken.'

Nikki boog haar hoofd.

'Nee?' Teleurgesteld keek Valerie naar Saartje. 'Jij bent.'

'Ik gok toch op een leuke jongen,' begon Saartje. 'Waarom zou ze anders zo geheimzinnig doen?'

Nikki begreep dat ze het met haar zwijgen alleen maar erger maakte. 'Als jullie het dan per se willen weten... Ik fietste naast iemand en toen raakten onze sturen elkaar en... Nou ja, toen vielen we.'

'Iemand?' Saartje trok haar wenkbrauwen op. 'Heeft die iemand ook een naam?'

'Ja.'

'Mogen wij die naam weten?'

'Nee!'

Saartje en Valerie keken elkaar veelbetekenend aan.

'Dus het is een jongen,' stelde Saartje vast.

'Een leuke jongen,' vulde Valerie aan en ze grijnsde. Nikki kon nog maar één ding doen. Ze moest Saartje stoppen. Ze ging vol in de aanval.

'Ja,' zei ze, terwijl ze Saartje strak aankeek. 'Hij heet Ferry, woont in Haarlem in een pleeggezin, is dertien jaar oud en ontzettend lief.'

Saartjes mond ging langzaam dicht en haar ogen flikkerden.

Nikki ging onverstoorbaar verder. 'Hij fietste opeens naast me en vroeg me mee uit. Echt, zo'n toeval.'

Ook Valerie zei niets. Nikki wist dat ze voorlopig uit de gevarenzone was en hinkte door de schooldeur naar binnen.

'Zo, daar ben ik weer.' Janine kwam hijgend tussen Valerie en Saartje in lopen. Ze keek van de een naar de ander. 'Is er wat?'

Nikki deed zwijgend haar werk die ochtend en zocht geen contact met de andere drie meiden. De sfeer was gespannen. Saartje en Valerie fluisterden af en toe met elkaar en Nikki voelde dat ze naar haar keken. Janine leek zich ongemakkelijk te voelen met de situatie. Nikki zag dat ze zich zo neutraal mogelijk probeerde op te stellen, maar haar goedbedoelde

50

opmerkingen tegen zowel haar als Saartje hielpen niet echt. Nikki besloot zich de rest van de ochtend afzijdig te houden en concentreerde zich op haar werk.

Vlak voor de pauze kwam de meester naar het groepje toe en hurkte bij de tafel van Nikki.

'Gaat het hier? Jullie zijn vanochtend wel erg stil, dames.'

Nikki knikte en wilde weer verder met haar werk, maar de meester was nog niet klaar. 'Ik hoorde van Myren dat je een behoorlijke smak hebt gemaakt gisteravond.'

Nikki verschoot van kleur, maar ze zei niets.

'Was Myren erbij dan?' vroeg Saartje net iets te nieuwsgierig.

Nikki kon wel door de grond zakken. Had de meester dan helemaal niets door? Ze probeerde met haar blikken de meester in te seinen, maar ze was te laat. De meester knikte. 'Ja, Myren kwam net even te dichtbij met zijn fiets.' Hij glimlachte. 'Gelukkig is het goed afgelopen.' Hij gaf Nikki een knipoog. 'Myren vertelde dat hij je naar huis heeft gebracht. Heel aardig!'

Nikki wiebelde wat met haar hoofd en durfde niet op te kijken. De meester stond op. 'Geef zelf maar even aan wat je wel en niet kunt. Ik verwacht dat je vriendinnen je de komende dagen wel zullen helpen, toch… meiden?'

Er werd wat onduidelijk gemompeld.

'We gaan even pauzeren.' De meester verhief zijn stem en liep terug naar zijn tafel. 'Tot zo!'

Stoelen werden verschoven en de klas stoof naar buiten. Nikki sloeg haar schrift dicht. In haar ooghoeken zag ze haar vriendinnen opstaan.

'We moeten eens even praten,' zei Valerie.

Nikki keek op en begreep dat ze het tegen haar had. Ze knikte en liep zwijgend achter de rest aan naar buiten. Valerie liep als eerste het schoolplein op en joeg twee meisjes uit groep vier van het bankje, zodat ze konden gaan zitten.

Nikki wist dat ze geen keus meer had. Ze moest iets vertellen. Maar wat? Haar gedachten tolden. Ze wist helemaal niet zeker of Myren op haar was. Hoe kon ze er dan iets zinnigs over zeggen? Stel je voor dat ze zich vergiste? Als straks iedereen het wist, stond ze voor gek.

'Zo, en vertel dan nu maar eens wat er gisteravond gebeurd is,' zei Valerie.

Saartje hield wijselijk haar mond.

'Jullie maken je druk om niets,' begon Nikki.

'Dat bepalen wij wel,' mompelde Saartje, die direct een por kreeg van Valerie.

'Ga verder, Nik,' zei Valerie.

'Myren en ik fietsen altijd na het trainen een stuk samen op. We waren aan het praten en toen raakten onze sturen elkaar.'

'En?' Saartje kon zich niet bedwingen.

'En toen niets,' ging Nikki verder. 'Ik viel, schaafde mijn knie en ben naar huis gegaan.'

'Myren heeft je gebracht,' zei Valerie.

'Ja, logisch toch?' Nikki probeerde zo neutraal mogelijk te kijken. 'Wat had hij dan moeten doen? Me laten zitten?'

Janine begon het te begrijpen. 'Ben jij op Myren?'

Nikki schudde haar hoofd. 'Nee, hoezo?'

'Is Myren op jou dan?' vroeg Saartje.

'Niet dat ik weet,' antwoordde Nikki. 'Kunnen we er nu over ophouden? Meer is er niet te vertellen. Jullie zoeken overal meteen iets achter.' Ze rechtte haar rug. 'Er is niets aan de hand tussen Myren en mij... Geloof me! Als het wel zo was, zou ik het toch gewoon zeggen? Dat hebben we beloofd: altijd elkaar alles eerlijk vertellen. Daar hou ik me aan.' Ze keek nadrukkelijk naar Saartje. 'En ik hoop jullie ook.'

Saartje ontweek haar blik.

Valerie haalde duidelijk opgelucht adem. 'Nou, dat is dan opgelost.' Ze schuifelde wat heen en weer. Jongens gaven elkaar een high five als gebaar van vriendschap, maar wat deden meiden eigenlijk als iets was uitgepraat?

Valerie stapte over op een ander onderwerp. 'Willen jullie iets leuks horen?'

'Altijd,' zei Nikki. 'Vertel!'

Valerie keek naar Saartje en Janine, die instemmend knikten. De lucht leek geklaard.

'Ik heb een brief gehad van Mark.'

'Mark wie?' vroeg Saartje, die nog niet echt in een vrolijke bui was. De opmerking van Nikki galmde nog na in haar hoofd. Ze wist zeker dat Nikki twijfelde aan haar verhaal over Jerry. Saartje keek naar de ring aan haar vinger en schaamde zich dat ze haar vriendinnen zo had voorgelogen, alleen maar om een nog grotere leugen te bedekken. Het stelen van de ring had haar uiteindelijk alleen maar narigheid bezorgd. Heel even overwoog ze om haar vriendinnen de waarheid te vertellen, maar direct wist ze ook dat dat niet meer kon. Ze zouden haar nooit meer vertrouwen! Nee... ze moest die ring eerst terugbrengen. Maar hoe?

'Mark Didam,' zei Valerie en Saartje schrok op uit haar gedachten. 'Freaky Freek... uit de soap!'

'O, die!' mompelde Saartje.

'Nou dat klinkt niet echt enthousiast,' zei Valerie. 'Besef je wel wat een geluksvogel ik ben?'

'Nou... poeh!' Saartje zuchtte. Ze had helemaal geen zin in verhalen van anderen. Ze had genoeg aan haar hoofd.

'Wat stond er in die brief?' vroeg Nikki.

Valerie vouwde haar handen en keek wat verlegen. 'Nou... eh... Het was meer een algemene brief, hoor. Er stond in hoe laat ik woensdag op de auditie moest zijn, dat ik mijn tekst goed moest leren en dat hij zich verheugde op het samen spelen van die scène. Maar hij was ondertekend door Mark. Zijn echte handtekening stond op de brief. Gaaf, hè? Kijk!'

Ze viste een envelop uit haar zak en haalde er een papier uit. Ze wees naar de handtekening en straalde. 'Ik ben echt superblij. Deze brief gooi ik nooit meer weg. Zelfs als ik de rol niet krijg, is dit al heel bijzonder.'

Nikki griste het papier uit Valeries hand en keek geïnteresseerd naar de handtekening.

'Geef terug!' zei Valerie. 'Voorzichtig.'

Lachend gaf Nikki de brief aan Valerie terug. 'Ik zou hem inlijsten.'

'En zal ik jullie nog eens wat vertellen?' zei Valerie.

'Nou?' riep Janine.

'Ik mag een nieuw shirt kopen.'

Het was even stil.

'Echt?' Nikki straalde. 'Wat goed! Nu kun je misschien...'

Valerie liet haar vriendin niet uitpraten. 'Ik heb tien euro.'

'O.'

De meiden keken een beetje teleurgesteld, maar Valerie zelf bleef opgewekt. 'Beter iets dan niets! Ik weet zeker dat ik wat leuks kan vinden.' Ze straalde. 'Nu kan ik lekker shoppen.' Ze keek naar Saartje.

'Denk je dat dat shirt van jou al in de uitverkoop is?'
Saartje reageerde niet.

'Hé, waar zit jij met je gedachten?' Janine gaf Saartje een por.

'Huh? O... eh... Ik dacht...' Saartje kwam er niet uit.

'Je dacht aan Jerry?'

'Nee... eh... ja...' Saartje zuchtte. Ze wilde niet meer liegen. 'Ik dacht aan deze ring,' zei ze zacht. 'Ik ga hem terugbrengen.'

'Terugbrengen?' Drie paar ogen keken haar aan.

'Maak je het uit?' vroeg Janine.

'Zoiets,' mompelde Saartje.

'Maar ik dacht dat je die Jerry zo'n lekker ding vond,' merkte Valerie op.

'Jerry bestaat niet... niet meer,' zei Saartje.

'Jij bent hard!' zei Nikki. 'Die arme jongen. Hij heeft het al zo moeilijk in zijn leven.'

Saartje keek op en zweeg. Ieder woord nu was te veel. De schoolbel redde Saartje van nog meer vragen en ze liepen naar de deur.

'Gaat het?' vroeg Myren toen Nikki zich aan de deurpost vasthield en voorzichtig haar been op de deurmat zette.

'Ja hoor, dank je.' Ze trok haar andere been bij en voelde de hand van Myren op haar arm. 'Voorzichtig,' zei hij en hij hielp haar naar binnen.

'Wat behulpzaam,' fluisterde Saartje, die samen met

Janine en Valerie achter Nikki aan liep. 'Je zou er bijna wat van gaan denken.'

'Doe niet zo flauw,' siste Valerie. 'Kappen nou.'

HOOFDSTUK 4

Het was zaterdagmiddag en Nikki baalde. Vanaf het overdekte bankje aan de zijkant van het voetbalveld keek ze naar de wedstrijd en wist dat het een verloren zaak was. De voorhoede was een rommeltje nu haar plek opgevuld was door een meisje uit de E1. In haar eentje was ze goed, maar er werd totaal niet samengewerkt. Ze ging alleen voor zichzelf en raakte zo steeds verstrikt in de tegenstander. De tegenstander maakte daar dankbaar gebruik van en scoorde het ene doelpunt na het andere.

'Let op je man!' riep Nikki nog toen ze een tegenstander vrij zag lopen, maar het was al te laat.

'Vijf-nul!' klonk er over het veld.

Nikki boog haar hoofd. Ze zat zichzelf hier aan de kant alleen maar te kwellen. De laatste vijf minuten konden haar gestolen worden. Nikki stond op en liep voorzichtig naar de kantine. Haar been was al aardig opgeknapt, maar voetballen was nog net te veel gevraagd. Misschien volgende week.

'Hé, Nik!' Josje, de moeder van Arend uit haar team, stond achter de bar. 'Iets drinken?'

Nikki knikte en klom op een van de barkrukken. 'Ze maken ons af,' mompelde ze zuur.

Josje zette een glas limonade voor haar neer. 'En jij denkt nu dat het jouw schuld is.'

Nikki haalde haar schouders op. 'Zoiets.'

Ze voelde Josjes hand op haar arm. 'Volgende week doe je weer mee. Trek het je niet aan. Je kunt er nu toch niets meer aan doen.'

Er klonk een fluitsignaal en Nikki zag haar teamgenoten het veld af lopen. Op het scorebord zag ze een zes en een nul. Zelfs in de laatste minuten hadden ze nog een doelpunt tegen gekregen.

Myren liep als eerste de kleedruimte in. Zijn gezicht stond op onweer. Nikki schoof onrustig heen en weer. Als ze haar maar niets kwalijk namen. Ze wist heel goed hoe dat werkte bij een voetbalteam. De ene week was je de held, de andere week konden ze je wel schieten. Hopelijk had ze de afgelopen weken wat krediet opgebouwd.

'Ga je nog wat leuks doen vanmiddag?' vroeg Josje. Het was overduidelijk dat ze haar probeerde op te vrolijken.

'Niet dat ik weet,' antwoordde Nikki. Ze dacht aan haar vriendinnen, die haar hadden uitgenodigd om mee te gaan shoppen in de stad. Valerie kon alle hulp gebruiken bij het vinden van het juiste shirt.

Nikki had hun gezegd dat ze nu niet echt goed kon lopen. Ze zouden het zonder haar hulp moeten doen.

'Nou, doei!' Nikki stapte van de kruk en liep de kantine uit.

Hun trainer kwam het veld af lopen met de tas met spullen.

'Jammer!' Nikki wist niets anders te zeggen.

'Ja, vette pech,' bromde de trainer. 'Dat wordt volgende week beulen.' Hij keek naar Nikki's been. 'Gaat het?'

'Volgende week ben ik er weer bij, hoor!' zei ze hoopvol.

'Doe maar rustig aan, dame. Liever goed beter en twee wedstrijden missen, dan half beter en het hele verdere seizoen missen.'

Nikki schrok. Nee toch? Het was toch maar een kneuzing? Ze rechtte haar rug. Volgende week zou vast lukken. Ze kon de hele week nog oefenen.

Een aantal van haar teamgenoten stapte de kleedkamer uit. De trainer liep naar hen toe, met Nikki in zijn kielzog.

'Volgende week maken we dit goed!' riep hij. 'Beloofd?'

Er werd aarzelend geknikt.

'Ik zei,' herhaalde de trainer nu luider. 'Volgende week maken we dit goed, beloofd?'

Er klonk een luid en duidelijk JA over de velden en de trainer glimlachte. 'Zo mag ik het horen! En nu allemaal lekker weekend vieren.'

Terwijl de trainer de spullen naar binnen bracht, liepen de meesten naar het fietsenrek aan de kant van het veld.

'Ben je op de fiets?' vroeg Myren aan Nikki.

Nikki knikte. 'Ja, maar ik fiets niet echt hard.'

'Geeft niet. Ik heb toch geen plannen voor vanmiddag. Jij?'

'Eh… nee, niet echt. De meiden zijn shoppen.' Nikki had geen idee waarom ze dit zei, maar het was er al uit.

'Moest je niet mee dan?' vroeg Myren.

'Nee, ik wilde liever naar de wedstrijd kijken.'

'Nou, die was echt waardeloos! Verkeerde keuze dus.'

Ze liepen naar hun fiets.

'Die griet van de E1 bakte er niets van,' mompelde Myren, terwijl hij aan zijn slot draaide.

'Ze deed haar best,' zei Nikki. 'Wees blij dat ze wilde komen. Ze had het niet hoeven doen.'

'Dat is waar.' Myren keek naar Nikki. 'Het is ook onmogelijk om jou te vervangen. Jij pakt elke voorzet.'

'Nou…' Nikki keek verlegen. Zo goed was ze nou ook weer niet.

Ze morrelde aan haar slot dat niet open wilde. De rest van hun team was al vertrokken.

'Nee, echt!' ging Myren verder. 'Je bent echt een superknappe spits.'

'Knap?' Nikki lachte. 'Ik dacht het niet.' Ze gaf een boze ruk aan haar slot, maar het ding wilde niet open.

'Wacht, laat mij het maar doen.' Myren zette zijn fiets op de standaard en liep naar Nikki toe. Zijn handen pakten het slot over.

Nikki voelde Myrens schouder tegen haar arm. Ze kon geen kant op, ingeklemd tussen haar fiets en Myren. Samen stonden ze voorovergebogen boven haar voorwiel. Myrens gezicht was nu vlak bij dat van haar.

'Je moet dit pinnetje…' begon ze, maar verder kwam ze niet. Myren had zijn hoofd gedraaid en zijn lippen op haar mond geduwd. Secondelang stonden ze zo tegen elkaar aan, half voorovergebogen boven haar fiets, alsof de film was stopgezet.

Net zo onverwacht als de kus kwam, was hij weer voorbij. Myrens lippen lieten de hare los en ze kon weer ademhalen.

Heel even keken ze elkaar aan.

'Superknap,' fluisterde Myren en hij trok het slot open. 'Zo, open!'

Hij liep terug naar zijn eigen fiets en wat verbaasd trok Nikki haar fiets uit het rek. Wat was hier aan de hand? Myren had haar gekust. Echt gekust. En nu deed hij net alsof er niets gebeurd was.

Het tintelende gevoel in haar buik maakte plaats voor boosheid. Wat dacht hij wel niet? Die Nikki is makkelijk te versieren… Kom, laat ik haar voor de gein eens kussen?

Nikki kneep in haar stuur. Ze merkte niet eens dat de knokkels van haar handen wit werden. 'Denk je soms dat je leuk bent?' siste ze toen ze naast Myren stond.

Verbaasd keek Myren haar aan, terwijl hij zijn fiets draaide. 'Huh?'

Het vage antwoord van Myren maakte Nikki nog bozer. Ze zou hem voor eens en altijd duidelijk maken dat ze geen speelgoed was. Wat dacht hij wel niet van haar? Dat ze zich door de eerste de beste jongen liet kussen en dat nog leuk zou vinden ook? Mooi niet! Kijk hem nou staan met die pretoogjes. Hij dacht zeker ook nog dat hij grappig was.

Nikki opende haar mond, maar er kwamen geen woorden uit. Ze hapte naar adem, voelde haar lichaam trillen en besloot om maar helemaal niets te zeggen.

Ze slingerde haar zere been over de stang, ging op het zadel zitten en reed weg.

'Hé, wacht op mij!' Myrens stem sloeg over.

Nikki was niet van plan om langzamer te fietsen. Integendeel. Ze trapte de pedalen nog harder in en boog zich over haar stuur. Achter haar hoorde ze Myren mopperen.

Net goed!

Waarom moest hij nou alles verpesten? Ze waren toch vrienden? Vrienden nemen elkaar niet in de maling… en al helemaal niet met stom gekus!

'Nikki, doe nou niet zo flauw!' Myren was nu vlak achter haar.

Nikki reed het fietspad op dat door het park liep.

'Het spijt me!' Myren hijgde en hij bleef haar volgen. 'Echt! Geloof me… Ik had het niet moeten doen.'

Nikki remde en ze voelde haar achterband slippen. Binnen twee seconden stond ze stil. Myren kon haar nog net op tijd ontwijken en slingerde het grasveld op. Zijn achterwiel bleef steken in een geul aarde en met een smak viel hij in een bloemperk.

Nikki sloeg haar hand voor haar mond. Ze wist niet of ze moest lachen of huilen. Verschrikt staarde ze naar de overeind krabbelende Myren.

'Gaat het?' Nikki stapte van haar fiets en legde die in het gras. Ze voelde dat ze ieder moment in lachen uit kon barsten. Het was ook zo'n grappig gezicht. 'Kom… Ik help je overeind.'

Myren negeerde haar uitgestoken hand en stapte uit het bloemperk. Blaadjes dwarrelden op de grond.

'Je hoefde echt geen bloemen voor me te plukken, hoor!' Nikki grijnsde.

'Ha ha… wat zijn we grappig.' Myrens klopte de laatste blaadjes van zijn kleren.

Nikki wist dat ze te ver was gegaan. 'Sorry, maar ik vind het ook allemaal zo... zo...'

Myren keek haar aan. 'Nou?'

'Niet leuk,' stamelde Nikki. 'Ik vind het zo niet leuk! Weet je eigenlijk wel wat je hebt gedaan?'

'Dat weet ik heel goed,' bromde Myren. 'Ik heb iets heel stoms gedaan. Iets waar ik nu al spijt van heb.' Hij wilde zijn fiets oppakken, maar Nikki hield hem tegen. 'Spijt waarvan?'

'Dat weet je best,' snauwde Myren. 'Het was gewoon stom! Het zal niet meer gebeuren.' Hij trok zich los en stapte op zijn fiets. 'Fijn weekend nog.'

Voordat Nikki nog iets kon zeggen, was hij verdwenen.

'Nou moe!' mompelde ze.

'En wat vind je van deze?' Valerie hield een blauw T-shirt voor haar lichaam en keek haar vriendinnen vragend aan.

'Hmm, te fel,' zei Saartje. 'Groen stond je toch beter.'

'Hé, Val... en deze dan?' Janine kwam met een geel-zwartgestreept shirt aanzetten.

'Ja hoor! Ik ben geen bij.'

'Trek hem nou gewoon aan,' drong Janine aan. 'Volgens mij past deze perfect bij je rokje. Je wilde toch iets met geel?'

Valerie zuchtte. 'Oké dan. Maar wedden dat ik ge-

65

lijk heb?' Ze verdween in het pashokje, waar ze nu al ruim een uur kleren aan het passen was.

Saartje en Janine struinden de winkel af op zoek naar nieuwe mogelijkheden en Valerie trok gewillig alles aan wat ze door haar vriendinnen aangereikt kreeg.

'Tada!' Valerie stapte het pashokje uit.

Het was even stil.

'En?' Onzeker keek Valerie haar vriendinnen aan. 'Niet goed, zeker?'

'Geweldig!' stamelde Saartje.

Valerie fronste haar wenkbrauwen.

'Nee... echt! Het staat je fantastisch.' Saartje trok het kaartje uit haar nek en haar gezicht betrok. 'Oei... Ik geloof dat het toch niet zo goed staat.'

'Wat?' Valerie probeerde te lezen wat er op het kaartje stond. 'Duur?'

'Nogal,' zei Saartje teleurgesteld. 'Vier keer zo duur als jouw budget.'

'Echt?' Valerie verdween in het pashokje en even later hoorden ze haar een kreet van schrik slaken. 'Belachelijk! Zijn de stiksels van goud of zo?'

'Het is wel een goed merk,' zei Janine. 'Daar betaal je altijd meer voor. Mijn moeder zegt dat de kwaliteit dan ook meteen beter is. Je doet jaren met zo'n merkshirt.'

'Lekker dan,' riep Valerie vanachter het gordijn. 'Ik heb het maar één middag nodig en ik betaal voor jaren.'

66

'Ja, stom!' riep Saartje. 'Wat moet je met kleding die jaren meegaat? Volgend jaar is het toch weer uit de mode. Doe mij maar liever drie gewone shirts in plaats van één dure.'

Valerie kwam het pashokje uit in haar eigen kleren. 'Ik kap ermee. Er zit gewoon niets bij voor mij. Of het staat niet, of het is te duur. Kom, we gaan!'

Overdonderd liepen Saartje en Janine achter Valerie aan de winkel uit.

'Maar wat doe je woensdag dan aan?' vroeg Janine, die het nu een beetje zonde van haar middag vond. De hele zoektocht naar een leuk shirt voor Valeries auditie was voor niets geweest als ze het nu opgaven. Ze had er zelfs een afspraak met Niels voor afgezegd.

'Ik heb nog een paar dagen,' antwoordde Valerie. 'Ik verzin wel wat.'

'Nou, lekker dan,' mompelde Janine. 'Had ik net zo goed naar Niels kunnen gaan.'

Ze liepen in de richting van het Marktplein.

'O!' riep Janine. 'Daar wil ik even naar binnen.' Ze wees op het kleine sieradenwinkeltje en nam een spurt in de richting van de deur.

Valerie liep meteen achter haar aan. Alleen Saartje was niet zo enthousiast.

'Kom je?' riep Valerie, die Janine al naar binnen zag verdwijnen.

'Nee, ik wacht hier wel,' antwoordde Saartje. Haar gezicht was wit en ze draaide zich om. 'Ik...eh... Ik kijk even hier.' Ze wees naar een tassenwinkel aan de overkant van de winkelstraat.

Valerie fronste haar wenkbrauwen, maar zei niets.

'Ga nou maar,' riep Saartje. 'Ik wacht hier wel op jullie.'

'Maar je bent zo gek op sieraden,' zei Valerie. 'Jij bent altijd diegene die dit soort winkels in stuift.'

'Vandaag even niet.' Saartje glimlachte. 'Ik kan maar beter niet in de verleiding komen, toch? Kost alleen maar geld.'

Valerie knikte begrijpend en liep de winkel binnen. Saartje stond voor de etalage van de tassenwinkel en staarde voor zich uit. In het raam zag ze de weerkaatsing van de sieradenwinkel. Ze zag Janine en Valerie bij de vitrine met armbanden staan. Onwillekeurig keek ze naar de ring die nog steeds aan haar vinger zat. Haar voornemen om hem terug te brengen had ze nog niet kunnen waarmaken. En vandaag zou het al helemaal niet lukken. Niet zolang Valerie en Janine erbij waren. Of...

Ze draaide zich om. Het was behoorlijk druk in het sieradenwinkeltje. Een bezoeker meer of minder zou niet opvallen, toch?

Saartje stak de straat over. Zonder nog een seconde na te denken, stapte ze de winkel binnen. Een paar meiden stonden bij de ringenvitrine. Ze babbelden bewonderend over de vele soorten die er lagen.

'Deze is mooi.' Een meisje pakte een van de ringen

op en schoof die aan haar vinger. 'Hoe vinden jullie deze?'

Terwijl de groep meiden luidruchtig de keuze van het meisje bewonderde, schoof Saartje de ring van haar vinger. Snel legde ze hem op de lege plek in de vitrine. De meisjes hadden niets in de gaten. Ze kakelden vrolijk door.

Saartje glimlachte. Zo, klaar. Nu kon ze weer met een gerust hart de straat op. Ze had namelijk niets gestolen. Ze had de ring alleen maar een paar dagen geleend. Zo erg was dat toch niet? De winkelier had hem nu weer netjes terug.

'Hé! Waar lag dat ding nou?' Het meisje stond met grote ogen naar de volle vitrine te kijken. Alle gaatjes waren bezet. Overal lagen ringen.

'Leg hem gewoon ergens neer,' riep een ander meisje. 'Wat vinden jullie van deze?'

Terwijl de meiden zich concentreerden op een andere ring, liep Saartje naar haar vriendinnen toe. 'Iets gezien?'

Valerie en Janine draaiden zich om.

'Kon je je toch niet beheersen?' vroeg Valerie.

Saartje haalde haar schouders op, maar zei niets.

Na een paar minuten in de winkel te hebben rondgelopen, besloten ze naar buiten te gaan. De groep meiden bij de ringenvitrine was weg.

Saartje liep door naar de deur. 'Komen jullie?'

Vanuit haar ooghoeken zag ze haar ring liggen.

'Hé, Saar…' Valerie bleef staan. 'Is dat niet de jouwe?' Ze wees naar de vitrine. 'Die lijkt precies op die ring van Jerry.'

Janine keek naar de hand van Saartje en haar mond viel open. 'Je ring! Hij is weg! Net had je hem nog om.'

Saartje kon zichzelf wel voor de kop slaan. Hoe stom kon ze zijn! Valerie en Janine hadden de hele middag haar ring gezien. Geen wonder dat ze nu verbaasd waren.

Saartje staarde verschrikt naar haar lege vinger.

'O, wat erg,' riep Janine en ze sloeg een arm om Saartje heen. 'Je bent de ring van Jerry kwijt.'

Saartje boog haar hoofd. Ze wist even niet wat ze moest zeggen.

Valerie keek om zich heen. 'In de vorige winkel had je hem nog. Dat weet ik zeker. Misschien ben je hem hier verloren,' zei ze. 'Kom… zoeken!'

Terwijl Valerie en Janine speurend door de winkel liepen, deed Saartje zogenaamd mee. Gelukkig was het winkelpersoneel te druk met klanten bezig om iets te merken van de onrust.

Even later stonden ze weer bij de vitrine.

'Wat een pech,' zei Valerie. Haar stem klonk teleurgesteld. 'Wat zeg je nou tegen Jerry?'

Saartje haalde haar schouders op. 'Ach, ik wou het toch al uitmaken.'

'Jij bent hard, zeg!' zei Janine. 'Die arme jongen

70

heeft de ring van zijn moeder aan je gegeven en jij bent hem kwijt.'

'Dat is toch mijn probleem niet,' zei Saartje, die zich steeds meer in haar eigen leugenweb verstrikt voelde raken.

'En wat nou als hij die ring terug wil?' vroeg Valerie.

'Eens gegeven, blijft gegeven,' zei Saartje. Ze aarzelde. 'Ik leg het hem wel uit, goed?' Ze hoopte maar dat haar vriendinnen erover op zouden houden.

Janine schudde haar hoofd. 'Wat een toestand. Ik hoop niet dat ik ooit Niels zijn ring kwijtraak.'

'Je kunt die ring uit de vitrine kopen,' stelde Valerie voor. 'Die lijkt er precies op.'

'Ja, wat een goed idee,' viel Janine haar bij. 'Wat kost-ie?'

'Er staat geen prijsje bij,' zei Valerie. 'Wacht, ik vraag het wel even.'

Voordat Saartje haar kon tegenhouden, had Valerie al een verkoopster geroepen. Samen kwamen ze naar haar toe.

'Deze,' zei Valerie en ze wees naar de ring. 'Weet u hoe duur die is?'

De verkoopster fronste haar wenkbrauwen. 'Eh.. nee, ik...' Ze draaide zich om. 'Wachten jullie even? Dan vraag ik het na.'

Saartje voelde zich steeds ongemakkelijker worden. 'Kom nou maar, meiden,' zei ze. 'Ik hoef die ring helemaal niet. Let's go!'

71

Ze stapte resoluut de winkel uit. Achter haar hoorde ze Valerie tegen de verkoopster roepen dat het niet meer nodig was en toen stonden ze buiten.

'Ik neem jullie nóg eens mee,' zei Valerie. 'Wat zijn jullie chagrijnig, zeg.'

'Hè?' zei Janine. 'Ik ben niet chagrijnig, hoor.'

'Nee, nu effe niet. Maar je laat wel de hele tijd merken dat je liever bij Niels had gezeten.' Ze zuchtte. 'Het lijkt wel of we de laatste tijd geen lol meer kunnen trappen samen. Jij bent bezig met Niels, ik met die soap, Saartje met Jerry...'

'Ho, ho...' riep Saartje. 'Ik heb niets met die Jerry... eh... meer. Het is uit!' Ze gooide haar rode haren naar achteren. 'Ik heb wel zin om weer eens echt lol te trappen.'

'Ik ook,' riep Janine. 'Niels wacht maar even. Wat gaan we doen?'

'Om te beginnen wil ik een ijsje,' zei Valerie. 'Dat red ik nog net van mijn eigen geld. Tenminste... als jullie daar ook trek in hebben.'

'Nou en of,' riep Saartje en ze sloeg haar armen om Janine en Valerie heen. Met zijn drieën naast elkaar liepen ze in de richting van de ijssalon.

HOOFDSTUK 5

Nikki fietste doelloos door het park. Ze had geen zin om nu al naar huis te gaan. Haar moeder zou natuurlijk meteen zien dat er wat aan de hand was. De ruzie met Myren had haar in de war gebracht. Die kus... en toen de opmerking dat het stom was... Het klopte gewoon niet. Wat was er nu werkelijk aan de hand? Was Myren verliefd op haar? Of speelde hij een spelletje met haar? Ze waren zulke goede vrienden.

Na haar verhuizing was Nikki blij geweest met zijn vriendschap. In deze stad kende ze nog niemand en Myren had haar zo goed opgevangen. Ze begrepen elkaar gewoon. Zelfs met Valerie, Saartje en Janine kon ze af en toe nog onenigheid hebben, domweg omdat ze elkaar niet begrepen. Met Myren had ze dat nooit. Hij wist precies wat ze bedoelde en had aan een half woord genoeg.

En dan nu dit! Wat moest ze hier nu mee?

Nikki fietste het park uit in de richting van het centrum. Ze voelde in haar zak en besloot een ijsje te gaan halen. Misschien kon dat de middag nog opvrolijken.

Uit de lange rij voor de ijssalon bleek dat ze niet de enige was die op dat idee gekomen was. Nikki zette haar fiets tegen een hek en stak de straat over. In gedachten verzonken ging ze achteraan in de rij staan.

'Hé, Nikki!' De stem van Valerie klonk schel. 'Hierheen!'

Nikki keek op en zag haar vriendinnen vooraan staan. Ze aarzelde, maar begreep dat ze nu niet kon weigeren. Met een geforceerde glimlach liep ze naar voren.

'Achter aansluiten, dame,' riep een meneer die halverwege in de rij stond.

'Ze hoort bij ons!' riep Janine en ze zwaaide.

De man bromde nog wat en Nikki kwam bij haar vriendinnen staan.

'Gewonnen?' vroeg Saartje.

'Nee, ingemaakt!' antwoordde Nikki.

'Vandaar die chagrijnige kop.' Valerie giechelde. 'Daar hebben wij iets op gevonden.'

Nikki keek haar verbaasd aan.

'Wij waren ook chagrijnig,' legde Janine uit.

'Ja,' ging Valerie verder. 'En toen hebben we besloten om ons humeur op te krikken met ijs. Hoe meer ijs, hoe beter ons humeur.'

74

'En hoe beter ons humeur,' zei Saartje. 'Hoe meer lol we gaan trappen.' Ze keek naar Nikki's been. 'Als je kunt trappen, mag je meedoen,' zei ze met een grijns.

Nikki was blij dat de aandacht was afgeleid en tilde haar zere been op. 'Een klein trapje zit er nog wel in.'

Even later waren ze aan de beurt en kwamen ze met een enorme hoorn met ijs en slagroom naar buiten.

'Ik ben gek op slagroom,' verzuchtte Janine. 'Daar mogen ze mij in laten rondzwemmen.'

'Is er nog wel wàt voor ons over?' riep een jongen vrolijk.

'Ja hoor,' riep Saartje, die net een hap slagroom van haar ijsje had genomen. 'Ik zag net wat koeien op en neer springen in de tuin. Dus de slagroom komt eraan.'

Ze veegde haar gezicht schoon en likte haar vingers af. 'Even geduld nog.'

Ze liepen de winkelstraat weer in en kletsten honderd-uit. Saartje was de eerste die haar ijsje op had. Ze stap-te een computerwinkel binnen. 'Wacht heel even. Misschien hebben ze hier zo'n geheugenkaartje.'

'Een wat?' zei Janine, maar Saartje was al naar binnen. Even later kwam Saartje vrolijk zwaaiend met een klein plastic tasje weer naar buiten. 'Ik heb hem!'

'Fijn voor je,' mompelde Valerie. 'Kan ik hem aan-trekken naar de auditie?'

'Wat?'

'Laat maar. Geintje!'

De vier vriendinnen draafden winkel in en winkel uit. Ze pasten kleren, hoeden, schoenen... Probeerden alle soorten make-up en doken alle tijdschriften in om lekker bij te roddelen.

'Hoe vinden jullie deze?' Valerie hield een paars shirt voor haar borst. 'Staat het?'

Ze stonden op de damesafdeling van een groot warenhuis.

Drie paar ogen staarden Valerie aan.

'Nee,' zei Saartje.

'Nee,' zei Janine.

'Eh... ook nee,' zei Nikki.

Valerie hing het shirt weer terug in het rek. 'Wat moet ik dan?'

'Deze,' riep Saartje en ze hield een zwart shirt met glittersteentjes omhoog. 'Lekker disco.'

Valerie schudde haar hoofd. 'Mag niet,' zei ze. 'Ik mag geen glitters, geen dunne streepjes en geen bloot.'

'Waarom niet?' vroeg Nikki verbaasd.

'Heeft te maken met de camera,' antwoordde Valerie. 'Streepjes en glitters gaan flikkeren, zeggen ze.'

'En bloot ook?'

'Nee!' Valerie schoot in de lach. 'Bloot is niet chic. Een goede actrice heeft geen bloot nodig. De regisseur zei dat echte actrices zelfs in een jutezak mooi uitkomen.'

'O…' Nikki grijnsde. 'Waarom wil je dan een nieuw shirt kopen? Als het toch niet uitmaakt…'

'Gewoon! Ik voel me beter in iets nieuws.'

'En dat zeg je nu pas?' riep Saartje, die al die tijd had staan luisteren. 'Mens, alle meidenshirts hebben glitters of streepjes of zijn bloot.'

'Ja,' zei Janine. 'Daarom zijn het meidenshirts. Die móéten glitteren.'

'Weet je wat?' zei Nikki. 'We gaan naar de mannen-afdeling.'

'Ja hoor!' Valerie snoof. 'Echt niet.'

'Gewoon kijken,' riep Nikki. 'Kun je lachen.'

Giechelend liepen ze de mannenafdeling op.

'Kijk, een coltrui,' zei Janine.

'In ieder geval niet bloot,' merkte Valerie op.

'Iets met een stropdas?' vroeg Saartje.

'Of iets met knoopjes tot aan je hals?' zei Janine.

Ze liepen langs de rekken en vitrines en bekeken de kleding die daar was uitgestald.

'Wat dacht je van deze?' Saartje hield een shirt om-hoog in de kleur van een jutezak. Ook het patroon op de stof deed daaraan denken.

'Zal die regisseur vast leuk vinden. ' Nikki lachte.

Valerie griste het shirt uit Saartjes handen en duwde het terug in het rek. 'Doe even serieus ja!'

'Ik doe serieus,' zei Saartje kattig.

Nikki hield een blauw shirt omhoog. 'Is dit wat?'

Valerie knikte instemmend. 'Hmm, dat lijkt erop.'

Nikki haalde het prijsje tevoorschijn. 'Valt mee,' zei ze. Valerie pakte het shirt beet en voelde aan de stof. 'Kriebelt wel.'

Saartje schoot in de lach. 'Geen streepjes, geen glitter, geen bloot en het mag niet kriebelen. Het lijkt dat spelletje wel. Ik ga op auditie en ik trek aan: geen glitter, geen bloot, geen gekriebel...' Ze keek Janine aan. 'En nu jij.'

'Ik ga op auditie en ik trek aan: geen glitter, geen bloot, geen gekriebel en... niet te duur.'

Ze keken naar Nikki, maar die schudde haar hoofd. 'We kijken gewoon verder.'

Een jongen in een zwart kostuum kwam naar hen toe. 'Kan ik jullie helpen, dames?'

Het werd meteen stil.

'Eh... ja,' zei Nikki en ze trok een heel serieus gezicht. 'Mijn vriendin hier zoekt iets voor...'

'... voor mijn broer,' riep Valerie snel. 'Ik zoek iets voor mijn broer.'

'Ja,' ging Nikki verder. 'Hij is jarig en ze wil een mooi T-shirt voor hem kopen. Iets zonder glitters, strepen of bloot.'

'En het mag niet kriebelen,' vulde Saartje aan.

'En niet te duur,' zei Valerie.

De jongen fronste zijn wenkbrauwen. 'Zonder glitters, strepen of bloot?'

'Ja!' Nikki keek uitdagend. 'Zoiets hebben jullie toch wel?'

'Jazeker,' antwoordde de jongen. 'Maar is dat niet een beetje saai?'

'Mijn broer ís heel saai,' zei Valerie. 'Echt, vreselijk saai.'

Nikki deed er nog een schepje bovenop. 'Nog saaier dan een verkoper op de herenafdeling, zeg maar.'

Het gezicht van de jongen betrok. 'O, dank je.'

Nikki verschoot van kleur. 'Zo bedoelde ik het niet. Ik bedoel...'

Saartje gaf Nikki een duw. 'Let maar niet op haar, hoor! Ze heeft van de week een vreselijke rotsmak gemaakt met haar fiets en nu is ze een beetje in de war. Haar hersens zijn behoorlijk geschud en ze zegt opeens de vreselijkste dingen.'

'Ja,' zei Nikki. 'Ik ben echt helemaal de weg kwijt. Ik kan zomaar opeens *poep* roepen, terwijl ik dat zelf niet in de gaten heb.'

Ze knipperde met haar ogen. 'Zei ik nou *poep?*'

Janine had zich omgedraaid om zogenaamd naar wat shirts te kijken in het rek achter haar, maar in werkelijkheid kon ze haar lachen niet meer inhouden.

'Wat vervelend voor je,' zei de jongen, die zich niet liet afleiden door het vreemde verhaal. Toen zei hij tegen Valerie: 'Als je even meeloopt, dan laat ik wat shirts zien.'

Valerie liep met de jongen mee.

Nikki en Saartje liepen er gearmd achteraan.

'Kom maar, meisje,' zei Saartje op een tuttoontje

79

tegen Nikki. 'Ik hou je stevig vast. Stel je voor dat je weer valt. Dan ga je nog meer gekke dingen roepen en dat is niet de bedoeling, toch? Dat kunnen we hier in deze nette winkel niet hebben.'

Nikki hinkte met Saartje mee, terwijl Janine op de achtergrond bleef.

'*Hotseknots!*' riep Nikki opeens.

Saartje tikte op haar arm. 'Nu doe je het weer! Dat mag niet!'

'Wat doe ik dan?'

'Je riep een gek woord.'

'Echt waar?' Nikki leefde zich helemaal in in haar rol. 'Wat riep ik dan?'

'*Hotseknots!*'

'Wat een gek woord.'

'Ja, dat zeg ik.'

'En ik riep dat?'

'Ja!'

'Kan ik me niet voorstellen.' Nikki perste haar lippen op elkaar van het lachen. De jongen voor hen reageerde totaal niet op hun act. Wat een saaie pief, zeg.

Valerie en de jongen stonden voor een vitrinekast.

'Wat vind je van dit shirt?' De jongen hield een roze shirt omhoog. Voorop stond een bekend stripfiguur afgebeeld.

Vanachter een kledingrek klonk gelach. Janine kon zich niet langer inhouden.

'Nee,' zei Valerie rustig. 'Ik denk niet dat mijn broer dit leuk vindt. Hij is vijfentwintig!'

De jongen glimlachte. 'Oké dan. Ik dacht eigenlijk dat hij jonger was.' Hij pakte een ander shirt. 'En deze dan?'

Valerie schudde haar hoofd. 'Nee, die is weer te saai.'

'En deze?'

'Die kriebelt,' zei Valerie toen ze aan de stof voelde. 'Daar kan mijn broer niet tegen.'

'Deze dan?'

'Te duur!'

'Dit shirt is misschien wel wat?'

Valerie schudde haar hoofd. 'Streepjes... '

'Misschien is het een idee als jullie zelf even rondkijken?' vroeg de jongen, die lichtelijk geïrriteerd begon te raken.

'Ja! Goed idee!' riep Nikki. 'Maar dat deden we toch al voordat jij kwam?'

De jongen knikte vriendelijk. 'Zoek het lekker zelf uit!' zei hij met rustige stem. 'Goedemiddag.'

'Bedankt, hè!' riep Nikki.

De jongen verdween door een personeelsdeur.

Janine kwam kromgebogen achter het kledingrek vandaan. Ze had compleet de slappe lach. 'Zag je dat gezicht van hem? Hij wist echt niet wat hij met jullie aan moest.'

'Je bent een geboren actrice.' Saartje gierde het uit. 'Hotseknots... hoe kóm je erop?'

'Gewoon…' zei Nikki.

Valerie wist niet goed wat ze ervan moest vinden. 'Ik heb nog steeds geen shirt,' zei ze teleurgesteld.

'Joh, kop op!' riep Saartje. 'Jij bent zo'n goede actrice. Jij hebt geen nieuw shirt nodig.'

Ze gingen met de roltrap naar beneden en stonden even later buiten.

Toen om vijf uur de winkels sloten hadden ze buikpijn van het lachen.

'Dit moeten we vaker doen,' zei Janine toen ze terugliepen naar hun fietsen. 'Ik heb in tijden niet zo gelachen.'

'Zo grappig is Niels dus ook weer niet,' zei Saartje.

'Tuurlijk wel. Maar het is niet hetzelfde als met jullie,' gaf Janine toe. 'Ik had dit niet willen missen.' Ze keek op. 'En Jerry? Kon je met hem lachen?'

Saartje was weer op haar hoede. 'Eh… niet echt.'

'Nou, dan snap ik waarom je het hebt uitgemaakt. Saai past niet echt bij jou.'

'Ben jij soms nog steeds op Myren?' vroeg Valerie. 'Volgens mij heb je het uitgemaakt met Jerry omdat je nog steeds gek op Myren bent.'

Nikki pakte snel Saartjes hand. Dit gesprek ging duidelijk de verkeerde kant op. 'Je hebt de ring dus teruggegeven?'

'Nee, ze is hem verloren,' legde Janine uit. 'Vanmiddag.'

'O...' Nikki keek naar Saartje. 'Wat vervelend. Was eh... hoe heet-ie... Jerry niet boos?'

'Hij weet het nog niet, suffie,' zei Janine snel. 'Ze is hem net pas verloren.'

'Sterkte dan maar,' zei Nikki. 'Met uitmaken, bedoel ik.'

'Ja, dank je.' Saartje sloeg haar ogen neer.

Ze waren weer bij de ijssalon aangekomen en Nikki liep naar haar fiets. Haar been deed pijn van al dat geslenter. 'Ik zie jullie maandag!' riep ze.

Janine en Valerie staken hun hand op.

'Onze fietsen staan bij de supermarkt,' riep Valerie. 'Tot maandag!'

Terwijl de drie meiden een zijstraat in liepen, stapte Nikki op haar fiets. Ze was blij dat ze na die toestand met Myren niet meteen naar huis was gegaan. Ze had deze gezelligheid voor geen goud willen missen. Valerie, Janine en Saartje waren echt haar vriendinnen... Wel alle drie anders, maar het voelde goed. Met hen werd shoppen opeens drie keer zo leuk, zelfs als ze niets kochten.

HOOFDSTUK 6

Nikki voelde zich die maandagmorgen wat onwennig toen ze Myren op het schoolplein zag voetballen. Haar knie was gelukkig bijna hersteld, dus normaal gesproken zou ze mee gaan doen. Maar vandaag wilde ze zo min mogelijk in zijn buurt komen.

Het afgelopen weekend had ze heel wat keren gedacht aan het vreemde gedrag van Myren zaterdagmiddag. Het shoppen met de meiden had haar even afgeleid, maar toen ze weer thuis was, waren alle gevoelens teruggekomen. Zelfs haar moeder had haar die avond gevraagd of alles in orde was.

'Je bent zo afwezig,' had ze gezegd.

Nikki had gezegd dat het te maken had met de verloren wedstrijd. Ze had geen zin gehad om alles uit te leggen. Ze wist zelf amper wat ze moest denken.

'Hé, Nikki,' riep Niels, die net de bal wegtrapte. 'Zo te zien gaat het goed met je knie! Meedoen?'

Nikki schudde haar hoofd. 'Nee, liever niet.'

'Echt niet?'

'Nee, zeg ik toch?' zei Nikki kattig.

Verbaasd rende Niels achter de bal aan. 'Meiden...' hoorde ze hem zeggen.

Valerie en Saartje waren er al. Ze zaten op het bankje.

'Hoi!' Nikki ging bij hen zitten.

'Gaat het met je knie?' vroeg Valerie.

'Ja, gaat goed.'

'Moet je niet voetballen dan?' vroeg Saartje.

'Nee, geen zin.'

'Dat moet in de krant.'

'Hoezo?'

Saartje lachte. 'Nou, als jij geen zin hebt in voetbal, dan is er iets aan de hand.'

'Er is helemaal niets aan de hand!' zei Nikki iets te snauwerig.

'Ho maar... Ik wist niet dat je boos werd.'

Nikki zag dat Saartje veelbetekenende blikken zond naar Valerie.

'En je hoeft niet zo te kijken,' snauwde Nikki erachteraan. 'Ik zie het heus wel.'

'Oei, met je verkeerde been uit bed gestapt?'

Nikki begreep dat ze te ver was gegaan. Zo maakte ze het alleen maar erger. 'Zoiets ja.'

'Ruzie met je moeder zeker?'

Nikki knikte. Alles beter dan de waarheid.

In de verte kwam Janine aanlopen. 'Wat hoor ik?' zei ze met een grote grijns toen ze vlak bij het bankje was. Ze keek Nikki onderzoekend aan.

Saartje en Valerie waren meteen een en al oor. Ze kenden Janine langer dan vandaag. Haar geheimzinnige toontje wees op een nieuwtje.

'Wat?' vroeg Saartje.

Janine aarzelde en keek weer naar Nikki. 'Niels was gisteren bij Myren en...'

Nikki trok wit weg. 'Moet dat?' riep ze verontwaardigd.

Janine hield haar mond. 'Sorry, ik dacht dat je het al had verteld.'

'Wat?' Saartje keek naar Nikki. 'Hebben we iets gemist?'

'Nee hoor,' zei Nikki. 'Niets bijzonders. Myren heeft me zaterdag een kus gegeven en toen zei hij dat dat het stomste was wat hij had kunnen doen. Nou goed?'

Janine zuchtte. Nu was de lol eraf. Ze ging naast Nikki op de hoek van de bank zitten.

'Wat?' Saartje zat er verslagen bij. Zo te zien was ze niet blij met dit bericht.

'Kun je nog wat anders zeggen dan *wat*?' mompelde Nikki.

'Niels vertelde het daarnet,' zei Janine. 'Ik dacht...'

'Vertel!' riep Valerie. 'Het maakt nu toch niet meer uit.'

'Wij houden onze mond,' zei Janine. 'Erewoord.'

'Ach, waarom niet,' zei Nikki. 'Iedereen weet het nu toch al.' Ze keek boos naar Myren, die zo te zien nergens last van had, en vertelde het hele verhaal. Van de wedstrijd, de kus, hun fietstocht door het park en de valpartij.

'Dus toen werd hij boos?' vroeg Valerie.

'Ja,' antwoordde Nikki. 'Ik snap er niets van. Eerst laat hij me denken dat hij verliefd op me is en dan opeens doet hij zo stom.'

Saartje had al die tijd niets gezegd. 'Jongens zijn gewoon stom!'

'Niels niet!' riep Janine.

'Niels ook,' zei Nikki. 'Myren heeft het hem waarschijnlijk in vertrouwen verteld. Hij heeft het aan jou verteld, terwijl hij wist dat jij het weer aan mij ging vertellen.'

Janine keek naar Niels. 'Misschien wilde Myren wel dat jij het hoorde.'

Het was even stil.

'Zo slim zijn jongens niet,' zei Saartje. 'Zoiets kunnen alleen meiden bedenken.'

Janine stond op. 'Daar komen we maar op één manier achter.'

'Wat ga je doen?' vroeg Nikki, maar Janine was al weg. Ze liep recht op de voetballende jongens af.

Nikki, Valerie en Saartje zagen haar met Niels praten. Daarna liep ze naar Myren. Heel even keek

Myren hun kant uit, maar toen ging hij weer voetballen.

Janine kwam terug.

'En?' vroeg Valerie.

'Myren is verliefd op Nikki, maar ze heeft gezegd
dat ze niet op hem is.'

'O…' Nikki sprong op. 'Dat is helemaal niet waar!
Wat een onzin!'

'Dus je bent wel verliefd op hem?' vroeg Janine.

'Nee… eh… Weet ik veel.' Nikki was nu in de war.
Ze had helemaal niet gezegd dat ze niet verliefd op
Myren was. Hoe kwam die gozer erbij? Ze probeerde
de situatie weer voor zich te halen, maar het was te
vaag. Wat had ze ook alweer gezegd?

Saartje leunde naar achteren. 'Dus Myren is verliefd
op Nikki. Zie je wel… Dat dacht ik al.'

'Hoezo?' Nikki draaide zich om.

'Weet je nog dat ik hem verkering vroeg in de tuin
van de meester?' zei Saartje. 'Hij zei toen dat hij verliefd was op iemand anders.'

'O? Echt?' Het bezoek aan de meester was alweer
weken geleden. Waarom had Myren niet eerder wat
gezegd? Was hij zo verlegen? Of wilde hij eerst
zeker weten of zij ook op hem was?

'Ben je nou blij of niet?' vroeg Valerie.

'Zal ik hem via Niels iets laten weten?' vroeg Janine.

Nikki keek op. 'Zoals?'

'Ja, weet ik veel... Dat je ook op hem bent. Of dat je met hem wilt praten. Of...'

'Nee, dank je. Ik regel het zelf wel,' zei Nikki vastbesloten. 'In de pauze.'

Er werd de eerste helft van de ochtend hard en zwijgend gewerkt. Ze hadden een rekentoets en daarna stillezen. Toen de bel ging, waren ze allemaal toe aan een pauze. De jongens stormden als eersten naar buiten.

Terwijl Valerie, Janine en Saartje op het bankje gingen zitten, liep Nikki naar Myren toe, die net de bal uit de speelmand haalde die bij de deur stond.

'Myren?' Nikki's stem klonk dwingend.

Myren keek op.

'Kunnen we even praten?' Ze wees naar de fietsenstalling.

'Moet dat nu?'

'Ja!' Nikki keek hem strak aan.

Zuchtend schopte Myren de bal het veld in. 'Ik kom zo!' riep hij erachteraan.

Er werd gelachen en gefloten toen Myren achter Nikki aan de fietsenstalling in liep. Nikki keek heel even om en zag haar vriendinnen in de verte zwaaien.

'Wat is er zo belangrijk?' vroeg Myren toen ze uit het zicht waren.

'Jij hebt Niels verteld over ons,' begon Nikki.

'Ja... en?'

'Niels vertelt het aan Janine en die vertelt het de andere meiden.'

'Ja... en?'

'Zit je daar niet mee, dan?'

'Waarmee?'

'Doe nou niet zo stom,' riep Nikki fel. 'Iedereen weet nu dat je verliefd op me bent.'

Myren glimlachte. 'Vind je dat erg?'

'Wat?'

Myren deed een stap naar voren en kwam vlak voor haar staan. 'Dat ik verliefd op je ben?'

Nikki was even van haar stuk gebracht. 'Eh... Is dat echt zo, dan?'

'Ja.' Myren kwam nog iets dichterbij staan.

Nikki voelde zijn adem op haar gezicht. 'Maar... je zei...' Ze aarzelde. Ze had het toch goed gehoord zaterdag? Hij had toch gezegd dat het stom was?

'...dat ik het niet had moeten doen,' vulde Myren haar aan. 'Dat het stom was.'

'Ja.' Nikki had het dus toch goed. 'Ik vind het niet leuk als je me voor de gek houdt.'

Myren reageerde onverwacht heftig. 'Dacht je dat? Dacht je nou echt dat ik je voor de lol kuste?'

Nikki sloeg haar ogen neer. 'Ja, je deed zo... zo... ik weet niet. Net of je een geintje maakte.'

Myren pakte haar arm. 'Mijn kussen zijn geen geintje,' zei hij met zachte stem.

90

Nikki deed een stap naar achteren. 'Sorry, ik...' stamelde ze en ze keek Myren recht aan. Zijn ogen waren net lampjes, zo felblauw had ze ze nooit gezien. 'Dus jij...' Ze maakte haar zin niet af.

'Ik ben smoor op je,' fluisterde Myren, die nog een stap dichterbij kwam staan. 'Al vanaf de eerste dag dat je bij ons in de klas kwam. Heb je dat nou nog niet door?'

'Nee,' zei Nikki zacht. 'Ik dacht dat we vrienden waren.'

'Zijn we toch ook?'

'Jawel, maar... Nou ja... Vrienden is wat anders dan verliefd.'

Myrens gezicht was nu vlakbij. 'Kan het niet allebei?'

'Wat?' Nikki wist heus wel wat hij bedoelde, maar ze wilde tijd rekken. Ze stond met haar rug tegen de muur van de fietsenstalling en kon geen kant op. Straks ging hij haar nog zoenen ook. Wat moest ze nou doen? Was ze verliefd op Myren? Ze waren toch vrienden? Vrienden werden niet verliefd op elkaar. Of wel? Kon je eerst vrienden zijn en dan verliefd worden? Of moest het andersom? Nikki wist het niet meer. Ze probeerde haar arm los te maken, maar Myren hield haar vast.

'Vrienden en verliefd,' antwoordde Myren en hij keek haar vragend aan. 'Geen probleem toch?'

Nu moest ze wel wat zeggen. Of doen.

'Als je alleen vrienden wilt blijven,' ging Myren verder. 'Zeg het dan nu.'

Hij keek haar doordringend aan. Nikki smolt weg onder zijn lieve, vragende blik.

'Dan heb ik pech,' zei Myren. 'En zijn we gewoon vrienden.' Hij knipoogde. 'Maar dan mis je wel wat.'

Secondelang stonden ze tegenover elkaar. Nikki boog haar hoofd langzaam naar voren. Nog even en ze zou hem aanraken met haar neus... haar lippen, haar haren. Ze kon niet meer terug. Ze wilde hem een kus geven.

Snel drukte ze haar lippen op zijn mond en liet meteen weer los. Myren bewoog niet. Alleen zijn hand op haar arm trilde even toen ze hem aanraakte.

Nikki besefte dat ze smoorverliefd was op Myren. Het kon haar allemaal niets meer schelen. Vriendschap... verliefd? Wat maakte het uit? Ze had hem een kus gegeven.

Myren glimlachte. 'Is dat een ja?'

Nikki knikte verlegen.

'Laten jullie elkaar een beetje heel? Geen ruzie maken, hoor!' De stem van Niels schalde door de fietsenstalling.

Myren en Nikki keken om.

'Is die ruzie nou nog niet bijgelegd?' riep Niels. 'Kom je nou nog Myren?'

'Ja, rustig maar,' riep Myren en hij gaf Nikki een kus op haar wang.

Het gefluister en gegiechel op het schoolplein toen Myren en zij de fietsenstalling uit kwamen, was overduidelijk. Maar Nikki trok zich er niets van aan. Ze had verkering met de liefste, knapste en leukste jongen van de hele wereld.

Myren kneep heel even in haar hand en rende toen terug naar de voetballende jongens. Nikki liep verdoofd naar haar vriendinnen, die gek werden van nieuwsgierigheid.

'En?' vroeg Janine. 'Heb je hem de waarheid gezegd?'

Nikki knikte.

'Vertel,' siste Saartje, die de rode wangen van Nikki niet vertrouwde.

Nikki wist dat ze haar gevoelens toch niet lang verborgen kon houden en vertelde wat er gebeurd was. Saartje was duidelijk onder de indruk. 'Dus nu hebben jullie verkering?'

Nikki knikte. 'Ik geloof het wel.'

Saartjes teleurgestelde blik maakte Nikki wat nerveus. 'Ja, sorry… Ik kan er niets aan doen. Hij is verliefd op mij en ik op hem. Ik…'

'Het is wel goed,' zei Saartje. 'Laat maar.'

De stilte die viel voelde niet goed. Nikki besefte heel goed dat Saartje misschien zelf ook verliefd was op Myren. Dat hele verhaal over Jerry had er niets mee te maken. Het was overduidelijk dat Saartje ervan baalde.

Janine wiebelde met haar benen en leunde met haar

handpalmen op de rand van de bank. 'Nu ben ik niet meer de enige die verkering heeft.' Ze zwaaide naar Niels. 'Kijk, Myren zwaait naar je, Nik.'

Nikki keek om. Onwennig hief ze haar hand.

Valerie stond op. 'Ik geloof dat ik nu even niet lekker word van dat kleffe gedoe. Saar... ga je mee?'

Saartje en Valerie liepen samen in de richting van een groep kletsende meiden op het grasveld.

'Heb ik iets verkeerds gezegd?' vroeg Janine verbaasd.

Nikki ging naast Janine zitten. 'Nee hoor.'

Janine keek naar Valerie en Saartje en toen naar Niels. 'Denk je dat ze jaloers zijn?'

'Ik weet het wel zeker,' zei Nikki.

'Maar verliefd zijn is leuk!'

'Ja, voor diegene die verliefd is.'

'Saartje heeft het zelf uitgemaakt.'

'Dacht je dat nou echt?' Nikki glimlachte. 'Dat hele verhaal over Jerry heeft ze verzonnen... Wedden?'

'Echt?' Janine keek ongelovig. 'Maar die ring dan?'

'Weet ik veel. Misschien gevonden?'

'Nee... dat geloof ik niet.' Janine dacht na. 'Saartje verzint wel eens dingen, maar zoiets? En van Valerie had ik dit helemaal niet verwacht.'

'Wat maakt het uit?' zei Nikki. 'Laat ze lekker.'

'Maar we zouden vanmiddag met Valerie naar de jeansstore gaan.'

'Ja,' zei Nikki en ze keek naar Valerie en Saartje die vrolijk pratend in het gras zaten. 'Dan gaan ze toch lekker samen.'

'Wat een onzin!' Janine stond op. 'Kom op! We gaan er gewoon bij zitten.'

Nikki liep achter Janine aan naar de meiden op het grasveld. Ze had een naar voorgevoel.

'Hé, meiden!' Janine liet zich op het gras vallen naast Saartje, die met een meisje uit de andere groep aan het kletsen was.

Nikki ging bij Valerie zitten. 'Vanmiddag lekker shoppen,' zei ze. 'Hopelijk vind je iets te geks voor de auditie.'

Valerie knikte. 'Ik kijk wel.'

'Hoe laat spreken we af?'

'We?' Valerie keek verbaasd. 'Ga je mee dan?'

'Ja, dat hadden we toch afgesproken?'

Valerie keek even naar de voetballende jongens. 'O, ik dacht dat je...'

'Dat ik met Myren meeging vanmiddag?'

'Ja.'

'Afspraak is afspraak,' zei Nikki. 'Myren wacht wel, hoor!'

Valeries gezicht klaarde op. 'Leuk! Denk je dat Janine ook mee gaat?'

'Vast wel,' zei Nikki, die Janine druk in gesprek zag met Saartje en Bonnie.

'Hé, Val!' Saartje draaide zich om. 'Bonnie gaat vanmiddag met ons mee naar de jeansstore. Ze zegt dat ze net nieuwe shirts binnen hadden.'

Valerie keek bedenkelijk. 'Wordt dat niet een beetje druk?'

'Hoezo?'

'Nou, dan komen we met zijn vijven binnen voor één shirt.'

'Met zijn vijven?'

'Ja, Nikki, Janine, jij, ik... en Bonnie.'

Saartje wendde zich tot Nikki 'Gaan jij en Janine dan ook mee?'

'Waarom niet? Dat hadden we toch afgesproken?'

Heel even keken de twee meiden elkaar aan.

'Ja, maar toen...' Saartje aarzelde.

'Toen had ik nog geen verkering met Myren, wilde je zeggen?'

'Ja.'

'Maakt dat wat uit dan?'

'Ik dacht het wel,' zei Saartje wat pinnig. 'Het lijkt me beter dat Janine en jij voortaan lekker samen klef gaan doen en dat Val en ik onze eigen dingen doen.'

'Dat is flauw,' zei Janine. 'Zijn jullie nu opeens allergisch voor ons, alleen maar omdat we verkering hebben?'

'Zoiets,' zei Saartje.

Valerie sloeg haar ogen neer.

'Ik heb nog genoeg andere dingen te doen, hoor,' zei

Bonnie, die zich niet in het conflict wilde mengen. 'Vijf is wel erg veel.'

'Geen sprake van,' zei Saartje fel. 'We hebben net afgesproken dat je meegaat.'

'Ja, maar jullie schijnen dit al eerder te hebben afgesproken, dus...'

'De situatie is veranderd en dan worden er nieuwe afspraken gemaakt,' ging Saartje verder. 'Toch, Val?'

Valerie zei niets.

Nikki negeerde de opmerking van Saartje en zei tegen Valerie: 'Vier uur bij de kruising?'

Valerie knikte vaag met haar hoofd.

'Nou, dan gaan jullie toch lekker met zijn drieën?' Saartje stond op en trok Bonnie met zich mee overeind. 'Gaan wij vanmiddag iets anders doen. Ga je mee, Bon?'

De twee meiden liepen het grasveld af.

'Sorry,' stamelde Valerie. 'Ik weet ook niet waarom ze zo doet.'

'Ik weet het wel,' zei Nikki somber. 'Ik weet het maar al te goed.'

HOOFDSTUK 7

Myren fietste tussen de middag met Nikki mee naar
huis. Onderweg vertelde Nikki wat er in de pauze
was gebeurd.
Myren reageerde koeltjes. 'Meidendingen...' was het
enige wat hij zei.
Verbaasd had Nikki hem aangekeken. Meende hij
dat nou? Deed het hem echt niets dat haar vriendin-
nengroepje uit elkaar dreigde te vallen?
'En jouw vrienden dan?' vroeg ze.
'Wat is daarmee?'
'Hebben die er problemen mee? Met ons, bedoel
ik?'
'Welnee, waarom zouden ze?'
Nikki verbaasde zich iedere keer weer over de nuch-
terheid van jongens. Myren had gelijk. Je kon je over
van alles en nog wat druk maken, maar daar schoot
je niets mee op.

Haar moeder was thuis en keek verbaasd op toen ze Myren binnen zag stappen.

'Hoi mam, mag Myren mee-eten?'

'Eh... ja... tuurlijk. Dag Myren.'

Myren gaf Nikki's moeder een hand. 'Hallo mevrouw.'

Met een grote glimlach verdween Nikki's moeder naar de keuken om een extra bord en bestek te pakken.

'Wat gezellig,' riep ze. 'Dat is voor het eerst dat er een jongen mee komt eten.'

'Ik kom vast nog wel vaker,' zei Myren en hij ging naast Nikki aan tafel zitten.

Nikki's moeder zette de spullen voor hem neer en ging zelf ook zitten. 'Nog gezelliger,' zei ze lachend.

'We hebben verkering,' zei Nikki en ze voelde haar wangen rood worden. 'Sinds vanmorgen.'

Het was heel even stil.

'O, nou... Tja... Wat moet ik daarop zeggen? Gefeliciteerd dan maar.'

Myren gaf Nikki een knipoog en ze voelde zijn voet tegen haar been. Een beetje verlegen pakte ze een boterham uit het mandje.

'Hoe was het op school?' Nikki's moeder pakte de boter. 'Nog toetsen gehad?'

Nikki was blij dat haar moeder de situatie redde door van onderwerp te veranderen. Enthousiast vertelde Nikki over wat ze die ochtend hadden gedaan in de klas. Ook Myren praatte gezellig mee.

De tijd vloog om en tegen één uur stapten ze weer op hun fiets.

'Bedankt voor het eten,' zei Myren.

'Is goed, jongen,' zei Nikki's moeder. 'Je bent hartelijk welkom. O, Nik... wacht!' zei ze. 'Vanmiddag ben ik pas rond vijven thuis.'

Ze pakte de sleutel van de haak en gaf die aan Nikki. 'Veel plezier op school!'

Myren en Nikkie fietsten de straat uit.

'Leuke moeder heb je,' zei Myren.

'Ja, snap je nu waarom ik zo leuk ben?' Nikki lachte. Myren kwam naast haar fietsen. 'En je vader? Was die ook zo aardig?'

Heel even moest Nikki omschakelen. Ze had voor het eerst sinds zijn dood een hele ochtend niet aan hem gedacht. 'Ja, mijn vader was superaardig,' zei ze.

'Ik zag de foto staan in de kamer,' ging Myren verder. 'Je lijkt op hem.'

'Ja?' Nikki keek trots.

'Mis je hem heel erg?'

'Wat denk je?' Nikki probeerde haar tranen binnen te houden. Het ging de laatste tijd net zo goed. Waarom moest Myren er nu over beginnen?

'Sorry, stomme vraag.' Myren legde zijn hand op haar hand. Ze fietsten nu vlak bij elkaar.

'Mijn vader...' Myren stokte. 'Nou ja, je kent hem.'

Nikki knikte. De ontmoeting met Myrens vader zou

100

ze niet gauw vergeten. Het was nou niet bepaald een aardige man. En van wat ze van Myren had gehoord, was hij thuis nooit echt gezellig. Myren was liever weg als zijn vader thuis was.

'Jij hebt tenminste een vader,' zei ze, maar de woorden klonken niet zoals ze het wilde. 'Ik bedoel... Hij is tóch je vader.'

Myren liet haar hand los. 'Ja, maar zo voelt het niet.'

Ze fietsten het schoolplein op en zetten hun fiets in de fietsenstalling. De bel was al gegaan. Valerie en Saartje zaten op hun tafel te kletsen. Terwijl Myren naar de jongens ging die bij de computer stonden, liep Nikki naar haar vriendinnen.

'Hoi Nik,' zei Valerie en Saartje gaf haar een lichte duw. 'Eh... even over vanmiddag. Ik ga toch maar met Saartje en Bonnie.' Ze trok met haar mond. 'Kunnen jij en Janine gewoon lekker wat anders doen. Beter toch?'

Nikki knikte. De boodschap was duidelijk. 'Oké, veel plezier dan samen.'

Ze ging aan haar tafel zitten en pakte haar leesboek. Zonder nog iets te zeggen boog ze zich over het boek. Discussie gesloten. Saartje had haar zin. Valerie had zich blijkbaar gemakkelijk over laten halen.

'Hoi, hoi!' Janine kwam de klas in gelopen en plofte op haar stoel. 'Moet je horen wat Niels net zei...'

Nikki keek op en zag de veelbetekenende blikken

van Saartje en Valerie. 'Zeg maar niet,' zei ze zacht. 'Dat vinden Saartje en Valerie eng.' Ze schudde haar lichaam alsof ze het koud had. 'Brrrrr, zodra ze de naam Niels of Myren horen, krijgen ze uitslag.'

Janine keek op. 'Huh?'

Nikki boog zich weer over haar boek. Moest ze dit nog uitleggen?

'Anyway,' ging Janine verder. 'Niels vertelde dat Mark Didam…'

Valerie was opeens een en al oor. 'Ja?'

'Die Mark dus…' Janine wachtte even om de spanning op te voeren. 'Komt vanmiddag in het winkelcentrum zijn nieuwe cd promoten.'

'Echt?' Valerie viel bijna van haar tafel. 'Hoe weet hij dat?'

'Was net op de radio,' antwoordde Janine. 'Niels dacht dat jij dat wel wilde weten.'

'Ja, ja… Bedankt!'

Saartje was duidelijk niet blij met het enthousiasme van Valerie. 'We gingen toch voor een shirt voor jou kijken bij de jeansstore?'

'Dat shirt kan wel wachten,' zei Valerie opgewonden. 'Dit gaat natuurlijk voor.'

'Dus we gaan vanmiddag weer naar het winkelcentrum?' vroeg Saartje.

'Tuurlijk! Dit wil ik voor geen goud missen.' Valerie stootte Nikki aan. 'Gaan jullie ook mee?'

'Ik kijk wel,' mompelde Nikki. Ze was geen hondje

dat eerst werd weggestuurd en daarna weer terug-
gefloten.

'Je hebt natuurlijk met Myren afgesproken,' zei
Saartje.

'Nee, maar ik hoef niet zo nodig tussen gillende
meiden te staan. Ik heb niets met die Mark Didam.'

'Nee, jij hebt Myren.'

'Precies! En jij niet!' Het was eruit voor ze het wist.
Dat getreiter ook van Saartje.

Janine voelde zich ongemakkelijk. 'Eh... Nikki en
ik kijken wel. Ga jij maar met Saar en Bonnie. Misschien zien we elkaar daar, goed?'

Nikki klapte haar boek dicht en liep de klas uit.
Even frisse lucht.

'Waar gaan wij naartoe, jongedame?' Meester Kas
kwam net aanlopen door de gang. 'We gaan beginnen.'

'Even naar de wc, mees,' zei Nikki en ze stoof hem
voorbij. 'Ben zo terug.'

De rest van de middag was de spanning om te snij-
den. Janine probeerde met wat neutrale opmerkingen de sfeer te redden, maar Nikki en Saartje bleven
elkaar dwarszitten. Uiteindelijk gaf Janine het op en
besloot haar mond te houden. Het was beter als ze
elkaar even met rust lieten.

Na schooltijd fietste Valerie met Bonnie en Saartje
weg. Janine en Nikki kwamen als laatsten de school

uit lopen. Ze hadden klassendienst en moesten de vloer vegen en het bord schoonmaken.

Myren en Niels stonden hen op te wachten.

'Wij gaan voetballen op het F-veld,' zei Myren. 'De anderen komen ook. Kunnen we wat extra oefenen voor zaterdag.'

'Goed?' Niels keek naar Janine, die wat afwezig knikte.

'Tot morgen dan,' zei Nikki, die baalde dat ze van de trainer nog niet mee mocht spelen zaterdag. Ze moest eerst weer een weekje flink trainen onder begeleiding van de trainer zelf.

Myren rende naar haar toe en gaf haar een kus. 'Tot morgen!'

Terwijl Niels Janine gedag zei, haalde Nikki haar fiets van het slot.

Even later waren de jongens weg en stonden de twee meiden naast hun fiets bij het hek.

'Wat zullen we doen?' vroeg Janine.

Nikki haalde haar schouders op. 'Geen idee.'

'Wil jij naar het winkelcentrum?'

'Jij?'

'Als jij gaat…'

Nikki lachte. 'Oké, we gaan samen. Mijn moeder is er voorlopig toch niet.'

Ze besloten eerst even langs het huis van Janine te gaan om iets te drinken. Konden ze meteen tegen Janines moeder zeggen dat ze naar het centrum gingen.

'Ik zie hem!' Valerie werd helemaal gek. Ze wees door de etalageruit naar de jongen die achter de toonbank stond en vrolijk naar iedereen zwaaide. Het was ontzettend druk in de cd-winkel. Honderden hysterische meiden verdrongen zich in de winkel om een glimp van hun held op te vangen.

'We gaan toch niet naar binnen, hè?' mompelde Saartje. 'Zo leuk is die gozer nou ook weer niet.'

Valerie aarzelde.

'Je ziet hem woensdag toch?' zei Saartje. Ze had niet zo'n zin in die drukte. Ze had zich meer verheugd op het uitzoeken van een shirt voor Valerie. Ze vond het fijn dat haar kledingadvies werd gewaardeerd. 'We kunnen beter voor een mooie outfit zorgen, zodat Mark je woensdag echt ziet staan.'

Valerie was nu overtuigd. 'Oké, maar dan moet het echt iets geweldigs zijn.'

Ze liepen de winkelstraat in.

'Wel jammer dat Bonnie niet mee kon,' zei Valerie.

'Ja,' mompelde Saartje, die het wel fijn vond dat ze Valerie helemaal voor zichzelf had vanmiddag. 'Ik zou dat niet pikken van mijn moeder! Ik bepaal zelf wel wanneer ik mijn haar laat knippen.'

'Ook vreemd dat haar moeder dat niet eerder had gezegd,' zei Valerie. 'Zoiets weet je toch allang?'

Ze liepen gearmd door de drukke winkelstraat. Er waren heel veel meiden van hun leeftijd door het bezoek van Mark Didam.

Valerie wees naar een etalage waar een etalagepop stond met een geel-zwartgestreept shirt en een spijkerbroek aan. 'Kijk nou. Dat is dat shirt dat ik zaterdag gepast heb.'

Haar gezicht betrok. 'O, wat is 'ie gaaf.'

Ze bleef staan, haar blik strak op het shirt gericht. 'En duur,' mompelde ze. 'Zoiets zal ik nooit kunnen kopen.'

'Tuurlijk wel,' zei Saartje, die haar vriendin wilde opvrolijken. 'Als jij later een beroemde actrice bent, kunnen we alle shirts van de wereld kopen.'

'We?'

'Nou ja, ik bedoel jij.' Saartje gaf haar vriendin een duw. 'Kom op, we gaan naar binnen.'

'Waarom?'

'Passen.'

'Maar...' Voordat Valerie nog iets kon zeggen, liepen ze door de draaideur naar binnen.

'Dat shirt is veel te duur,' siste Valerie nog een keer. Saartje voelde dat ze Valerie in haar greep had. 'Nieuwe ronde, nieuwe kansen. Misschien is dat shirt wel afgeprijsd.'

'Zou je denken?' Valeries stem klonk hoopvol.

Ze liepen naar het rek dat zaterdag vol had gehangen met geel-zwartgestreepte shirts. Saartje voelde zich blij. Valerie was haar beste vriendin en ze zou haar wel eens even helpen. De auditie moest gewoon perfect zijn. Niets mocht dat in de weg staan. Ze dacht aan het verhaal van haar moeder over de plastic muntjes en de kauwgomballenautomaat. Als zelfs haar moeder zoiets deed, hoe erg kon het dan zijn? Haar moeder was een perfecte vrouw; mooi, eerlijk, lief... Eén keer iets verkeerd doen wil nog niet zeggen dat je je hele leven verpest. Haar moeder had er niet echt onder geleden.

Saartje dacht na. De ring had ze teruggelegd en de sjaal kostte bijna niets. Dus eigenlijk had ze nog nooit in haar leven echt iets gestolen. Misschien kon ze Valerie helpen. Van al haar vriendinnen was Valerie de beste. Janine en Nikki telden niet meer mee. Die vonden jongens belangrijker dan vriendschap. Bah! Zoiets zou zij later nooit doen. Nee, ze zou Valerie laten zien dat ze alles voor hun vriendschap over had. En hoe!

'Er hangen er nog maar drie,' riep Valerie. Ze keek op de kaartjes. 'Een M, een L en een S.'

Saartje griste de M uit het rek. 'Hier, passen.'

'Maar ik heb hem al gepast,' sputterde Valerie en haar gezicht betrok. 'Ik weet toch al dat-ie past. Als ik hem nu aantrek, zit-ie weer fantastisch en dan wil ik hem nooit meer uitdoen.'

Saartje knikte. 'Juist! Dat is precies de bedoeling. Je wilt Mark toch laten zien dat je bijzonder bent?'

Valerie knikte. 'Jawel, maar...' Ze keek weer naar het prijskaartje.

'Niet naar kijken,' riep Saartje. 'Eerst aantrekken.'

Ze duwde Valerie het pashokje in. 'Ik kijk nog even verder.'

Terwijl Valerie achter het gordijn verdween, keek Saartje om zich heen. Ze wist hoe ze Valerie kon helpen. Dit shirt stond Valerie geweldig. Ze móést het gewoon dragen om die auditie te winnen.

Twee verkoopsters stonden achter de toonbank in de hoek van de winkel. Zo te zien letten ze niet erg op. Een meisje verdween in het pashokje naast Valerie, maar de verkoopsters hadden het veel te druk met elkaar.

Saartje liep naar een rek met shirts en haalde er drie uit. 'Kijk eens, Val!'

Ze duwde het gordijn iets opzij. 'Misschien is dit wat?'

Valerie pakte de shirts aan. 'Ik ben nog bezig.'

'Doe maar rustig aan. Ik kijk nog even verder.'

Saartje liep op haar gemak door de winkel en bekeek aandachtig de kleding in de rekken. Ze knikte vriendelijk naar de verkoopsters achter de toonbank.

'Als ik kan helpen, dan zeg je het maar,' riep een van de meiden.

Saartje knikte. 'We kijken even rond.'

Even later pakte ze de andere twee geel-zwarte shirts uit het rek en liep terug naar het pashokje. 'Ik heb hier nog een maatje kleiner,' riep ze luid, zodat de verkoopsters haar konden horen. 'En een maatje groter.'

Ze trok het gordijn iets opzij en verdween met de shirtjes in het hokje.

Valerie had het geel-zwarte shirt aangetrokken en bekeek zichzelf in de spiegel. 'Deze zit prima, hoor. Dat wist je toch?' Ze hing de twee andere shirts aan de haak achter haar. 'Die had je echt niet hoeven pakken.'

Ze gooide haar haar naar achteren. 'Ik vind hem super,' zei ze. Ze draaide zich om naar de spiegel. 'Hij zit ook lekker.'

'Mooi! Dan nemen we hem.' Saartje pakte het kaartje vast. Met een snelle beweging trok ze het stuk.

'Wat doe je?' siste Valerie.

Saartje liet haar grijnzend het prijskaartje zien. 'Zo, dit shirt kost niets meer.'

Valerie wilde het kaartje uit Saartjes hand grissen. 'Geef hier, gek!'

Maar Saartje was sneller. Ze propte het kaartje in het borstzakje van een van de andere shirts. 'Luister,' zei ze op een dwingende toon. 'Ik weet wat ik doe. Het is heel makkelijk. Geloof me! Trek dat shirt uit, stop het in je tas en we lopen gewoon de winkel uit.'

Valerie stond haar met open mond aan te kijken. 'Maar... dat is stelen!'

Saartje schudde haar hoofd. 'Welnee. Weet je wat stelen is? Zo belachelijk veel geld vragen voor een shirt. Dat is pas stelen!'

Valerie schudde haar hoofd. 'Dit doe ik echt niet, hoor!'

Saartje liet zich niet van de wijs brengen. 'Luister, dit shirt is voor jou gemaakt. Mark weet niet wat hij ziet als je dit woensdag aanhebt. Je móét het doen. Het kan niet mis gaan. Dit soort kleine dingen missen ze echt niet.'

Ze pakte Valeries shirt. 'Uittrekken!'

Valerie was te overdonderd om tegen te stribbelen. Ze trok het shirt over haar hoofd en Saartje propte het in haar tas. 'Je doet net of jij dit al vaker hebt gedaan.' Valerie keek haar vriendin wantrouwend aan.

'Vertrouw me nou maar,' zei Saartje. 'Ik ben toch je beste vriendin? Ik weet heus wel wat ik doe. Geloof me, jouw toekomst hangt ervan af. Stel je voor dat je die rol krijgt? Dan ben je mij eeuwig dankbaar.'

'En als ik die rol niet krijg?' mompelde Valerie, terwijl ze haar jas aantrok.

'Dan nog. Want dan heb je Mark die zijn ogen niet van je af kan houden.' Saartje was klaar met praten. 'Kom op, we gaan.'

'Maar...'

'Stil nou! Doe gewoon wat ik zeg.' Ze gluurde door de kier van het gordijn. De twee verkoopsters waren nog druk in gesprek met elkaar.

Saartje deed het gordijn weer dicht. 'Oké. Dit is het plan. Ik breng deze shirts terug naar het rek. Het zijn er zoveel dat ze niet merken dat er eentje mist. Jij loopt ondertussen rustig naar de uitgang.'

'Ik…' Valerie was duidelijk in de war.

Saartje pakte haar arm. 'Vertrouw me nou maar!'

Ze schoof het gordijn open. 'Jammer dat ze niet passen,' riep ze luid. 'Ik breng ze wel even voor je terug.'

Saartje liep met de shirts in haar hand langs de kledingrekken en hing ze terug op de juiste plek. In haar ooghoeken zag ze Valerie nog steeds aarzelend in het pashokje staan.

'Dag.' Saartje knikte de verkoopsters gedag en liep naar Valerie. 'Kom, we gaan.'

Gearmd liepen ze in de richting van de draaideur.

Saartje voelde de arm van Valerie trillen en klemde die stevig tegen zich aan. 'Doorlopen,' siste ze door haar tanden heen. 'Gewoon rustig doorlopen.'

Saartje zag het zweet van Valeries voorhoofd lopen. De draaideur kwam steeds dichterbij. Ze konden nu niet meer terug. Het shirt zat in Valeries tas. Het kaartje was eraf. Ze zouden het zonder te betalen meenemen.

Plotseling bleef Valerie staan. Met grote ogen staarde ze naar de metalen poortjes voor de draaideur. 'Er staan poortjes,' fluisterde ze paniekerig. 'Er zit een alarm op dat shirt.'

'Welnee,' zei Saartje. 'Ik heb het helemaal bekeken, maar er zit echt niets meer aan. Die poortjes staan er voor de show.'

'Weet je dat zeker?'

'Geloof mij nou maar. Zo'n systeem kost zo veel

geld. Dat hebben ze echt niet over voor een paar van die flutkleren.'

Valerie keek naar de twee verkoopsters die haar vriendelijk gedag knikten. Saartje merkte dat ze geen stap meer durfde te verzetten. Onhandig schoof Valerie wat truien op een rek voor haar heen en weer.

'Wat doe je nou?' vroeg Saartje ongeduldig.

'Ik durf niet,' fluisterde Valerie. 'Straks gaan de sirenes loeien.'

'Doe niet zo stom! Zo vallen we juist op.'

'Ik doe het niet!' Valeries stem klonk vastbesloten.

'Je moet wel. Die meiden kijken naar ons. Als we nu niet doorlopen, zijn we de klos.'

Op dat moment zette de draaideur zich in beweging. Valerie keek op en zag Nikki en Janine de winkel binnen komen.

'Hoi!' Janine zwaaide. 'We zagen jullie staan.' Ze keek om zich heen. 'Is Bonnie er niet?'

'Nee, die moest naar de kapper,' zei Saartje, terwijl ze Valerie een por gaf. 'Zullen we?'

'Zijn jullie klaar?' vroeg Janine.

'Ja, niets leuks hier.' Saartje liet zich niet afleiden. 'We waren net op weg naar buiten.'

Ze trok Valerie mee naar de draaideur waar Janine en Nikki stonden. 'Draaien maar weer,' riep ze vrolijk. Valerie aarzelde en zwaaide de tas met het shirt over haar andere schouder.

'Zo te zien hebben jullie al wat gekocht,' zei Nikki.

Ze wees naar de tas. 'Is-ie zo zwaar? Je doet net of-ie tien kilo weegt.'

Valerie liet de tas weer zakken. 'Nee, hoor.'

'Ben je geslaagd?' vroeg Janine.

'Nee.'

'Wat is er, Val?' Nikki keek bezorgd. 'Je zweet helemaal.'

'Er is niets,' siste Valerie. Saartje zag dat haar vriendin het niet lang meer zou volhouden. Ze moesten de winkel uit!

'Zullen we?' zei Saartje. 'Het is hier zo warm. We willen even frisse lucht.'

Ze duwde Valerie tussen de poortjes door. 'Jij eerst.'

Op dat moment begonnen de rode lampen op de poortjes te knipperen en klonk er een sirene. Verlamd van schrik stond Valerie stil. 'Zie je wel!' fluisterde ze angstig. 'Nu ben ik er gloeiend bij.'

'Wat bedoel je?' riep Nikki. Ze keek naar de tas en fronste haar wenkbrauwen.

Valerie beet op haar lip. 'Wat moet ik nou doen?'

'Hoezo?' Nikki keek naar het spierwitte gezicht van Valerie en toen naar haar tas. 'Heb jij...?'

'Een misverstand, hoor,' riep Janine, die totaal niet doorhad wat er aan de hand was. Ze zwaaide naar de verkoopsters die aan kwamen lopen.

Saartje duwde Valerie mee de draaideur in. 'Naar buiten,' zei ze. 'Wegwezen.'

Maar Janine, die niets in de gaten had, hield hen

tegen. Ze zette haar voet tegen de draaideur. 'Weglopen maakt het alleen maar erger. Dit is zo opgelost.'
Ze wees op de verkoopsters. 'We laten ze gewoon even in onze tassen kijken, dan is het opgelost. Die poortjes gaan wel vaker voor niets loeien. Laatst nog...'
'Nee, je snapt het niet,' onderbrak Valerie haar en ze probeerde de voet van Janine weg te duwen. 'Ik heb een T-shirt in mijn tas. Gestolen,' siste ze. 'Snap je het nu? Laat me erdoor.'
'Wat zeg je?' Het drong langzaam tot Janine door wat Valerie zei.
Valerie sloeg op het raam van de draaideur. 'Haal je voet weg! Laat me erdoor.' Het zweet druppelde langs haar hals. Janine trok geschrokken haar voet weg en de draaideur kwam in beweging.
Valerie en Saartje duwden uit alle macht. Ze waren bijna buiten.
Een van de verkoopsters had op dat moment de deur bereikt en trok aan een hendel aan de zijkant van de ingang.
Met een schok bleef de draaideur stilstaan. Saartje en Valerie zaten gevangen tussen twee glazen deuren en konden geen kant op. Met paniek in hun ogen staarden ze naar Janine en Nikki, die nog in de winkel stonden.

HOOFDSTUK 8

'Meekomen, dames!' Een bewaker was binnen twee minuten ter plaatse en bevrijdde Saartje en Valerie uit de draaideur. Een andere bewaker had Nikki en Janine bij de schouder gepakt.

'Maar meneer...' begon Janine. 'Wij hebben niets gedaan.'

'Dat zullen we dan zo wel zien,' antwoordde hij.

De bewakers namen de vier meiden mee naar een kantoor achter in de winkel. Onderweg werden ze door een aantal klanten nagestaard.

'Ik schaam me rot,' zei Janine, die de hand op haar schouder heel vervelend vond. 'We hebben niets gedaan. We komen net de winkel in.'

In het kantoor mochten ze gaan zitten op een stoel.

'Zo,' zei een van de bewakers. 'Trek jullie jassen maar uit en de inhoud van jullie tassen graag op tafel.'

Nikki's ogen vlamden. 'Ik heb niets gedaan, hoor!'

'Jas uit!' was het enige wat de man zei.

Boos trok Nikki haar jas uit en ze smeet haar tas open op tafel. De man gebaarde dat ook de anderen hun jas moesten uittrekken. 'En snel een beetje.'

Janine trok haar jas uit en gooide de inhoud van haar tas op tafel. Ook Saartje volgde haar voorbeeld.

Valerie bleef stokstijf staan. Haar lichaam wilde niet gehoorzamen. Ze hoorde de man wel, maar ze kon haar armen niet bewegen.

'Vooruit, dame!' riep de man. 'Of moet ik je helpen?'

De man deed een stap naar voren. Valerie schrok en trok haar jas uit. De inhoud van haar tas belandde op tafel. Het shirt zat opgepropt tussen haar spullen.

'Zo, dus jij dacht dit T-shirt mee te kunnen nemen zonder te betalen?' De bewaker duwde Valerie terug op haar stoel.

'Saartje zei dat het kon,' stamelde Valerie en ze voelde tranen opkomen.

Saartje sloeg haar ogen neer.

'Dat wordt een proces-verbaal,' zei de man en hij pakte zijn boekje. 'Jullie zijn nog te jong voor een ID-kaart, neem ik aan?'

'Jullie?' Janine keek met trillende onderlip naar de bewaker. 'Ik heb niets gedaan, meneer. En Nikki ook niet. Wij kwamen net de winkel binnen. Wij hebben hier niets mee te maken.'

'Is dat zo?' De bewaker keek naar de verkoopster die net het kantoor in kwam lopen.

116

'Ja, dat is zo.' De verkoopster legde uit wat er gebeurd was en wees Valerie en Saartje als schuldigen aan.

'Hmm, dan mogen jullie gaan,' zei de bewaker tegen Nikki en Janine.

'Nee,' zei Nikki resoluut. 'Wij blijven.'

De bewaker fronste zijn wenkbrauwen en Janine kreeg bijna een rolberoerte.

'Ik wil hier weg!' riep Janine. Ze hapte naar adem. 'Ik heb niets gedaan.'

Nikki legde een hand op haar arm. 'Rustig nou maar. Wij hebben inderdaad niets gedaan. Dat weet die bewaker nu wel.'

Janine hapte naar adem.

'Wij laten onze vriendinnen niet in de steek,' legde Nikki uit. 'Het is vast een misverstand. Misschien kunnen we helpen dit op te lossen.'

Valerie liet moedeloos haar hoofd hangen. 'Het is geen misverstand,' zei ze zacht. 'Ik wilde dit shirt zo graag hebben voor die auditie van woensdag.' Ze keek op. 'Ik zit in de laatste ronde voor een rol in *School op stelten*,' legde ze uit. 'Ik moet samen met Mark Didam een scène spelen en ik dacht...' Ze plukte aan het shirt. 'Ik dacht dat dit shirt mij geluk zou brengen.'

'Niet dus,' bromde de bewaker.

'Ik wilde het niet doen,' snikte Valerie. 'Maar Saartje zei...' Ze boog haar hoofd toen ze de felle blik van haar vriendin zag. 'Laat ook maar. Ik heb het gedaan. Het shirt zat in mijn tas. Laat mijn vriendinnen gaan. Ik neem alle schuld op me.'

De bewaker knikte. 'Mooi, dan is dat opgelost. Fijn dat je het zo eerlijk zegt.' Hij keek de andere drie meiden aan. 'Jullie horen het. Jullie mogen naar huis.'

Saartje stond op en wilde naar de deur lopen, maar Nikki hield haar tegen. 'Als wij blijven, blijf jij ook.'

Heel even aarzelde Saartje, maar toen knikte ze en ging weer zitten.

'Doe wat je niet laten kunt,' zei de bewaker en hij gebaarde dat Valerie aan de tafel moest komen zitten.

Terwijl de bewaker een formulier uit een kast haalde, keek de verkoopster zwijgend toe.

'Je naam.' De bewaker klikte zijn pen aan.

'Valerie,' stamelde Valerie.

'Voluit,' bromde de bewaker.

Valerie raakte in paniek. Haar mond trilde en ze voelde haar ogen branden.

'Valerie Joostmans,' zei Saartje.

'Vroeg ik jou wat?' De bewaker keek boos om.

'Nee, maar u ziet toch dat ze in de war is?' Saartje wees naar Valerie. 'U kunt wel iets aardiger doen.'

Door de hele discussie tussen Saartje en de bewaker had Valerie de tijd gekregen om zich te herstellen. De vreemde achternaam die Saartje had genoemd, had haar wakker geschud. Natuurlijk... dat was het! Ze moest gewoon iets verzinnen. Een valse naam, een vals adres. Met een beetje geluk kwam niemand te weten wat er gebeurd was. Ze was tenslotte actrice, dus ze kon die bewaker toch wel overtuigen?

'Naam?' herhaalde de bewaker.

'Valerie Joostmans,' zei Valerie. Ze ontweek de boze blikken van Nikki. Het was overduidelijk dat Nikki het er niet mee eens was, maar ze protesteerde niet. Valerie haalde diep adem. Het was nu toch al één grote puinhoop. Erger kon het niet worden.

'Adres?'

'Van Orremakade,' zei Valerie. 'Nummer tien.'

Ze had geen flauw idee wie daar woonde, maar zij in ieder geval niet. Gelukkig was ze wel zo slim geweest om een adres te noemen dat ze kende. De bewaker keek haar onderzoekend aan. 'Is dat niet bij de sporthal?' vroeg hij.

Valerie schudde haar hoofd. 'Nee, het is een tennishal.'

De bewaker knikte tevreden. 'En nummer tien is aan de kant van de kerk?'

'Ja, bij het park.' Valerie wist dat ze geloofwaardig overkwam. Ze had haar angst overwonnen en speelde haar spel. Acteren kon ze als de beste en dat zou ze die man eens laten zien.

'Geboortedatum?'

Valerie beantwoordde iedere vraag van de man met

een stalen gezicht en voelde zich steeds rustiger worden. Nog even en dan kon ze gaan.

'Telefoonnummer?'

'Eh… dat wordt moeilijk.' Valerie dacht razendsnel na. 'Mijn ouders hebben alleen een mobiel nummer.'

'En dat is?'

Valerie haalde haar schouders op. 'Weet ik niet uit mijn hoofd.'

De bewaker aarzelde even. Valerie keek hem rustig aan. Ze moest nu niet nerveus worden. Haar blik moest zo onschuldig mogelijk zijn. Die bewaker vroeg zich nu waarschijnlijk af hoe ze normaal gesproken haar ouders kon bereiken als er iets was.

'Als u even meeloopt naar mijn huis,' zei Valerie. 'Hun nummer staat in de telefoon.' Ze haalde haar huissleutel uit haar jaszak. 'Ik heb de sleutel.'

Ze zag dat ze de man had gerustgesteld. Juist door te doen alsof ze meewerkte, ging hij niet op haar voorstel in.

'Nee, dank je. Ik geloof je. Ik zoek het wel op. Je begrijpt dat je ouders worden ingelicht?'

Valerie knikte en keek erg teleurgesteld. 'Moet dat echt?' zei ze.

De man schoof het papier onder haar neus en gaf haar zijn pen. 'En dan als laatste nog even je handtekening.'

Valerie krabbelde haar naam onder aan het papier. 'Het spijt me heel erg.'

Hier was geen woord van gelogen. Ze snapte nog steeds niet hoe ze zich door Saartje had laten overhalen om dat T-shirt zomaar mee te nemen.

Ze pakte het shirt van tafel en gaf het aan de verkoopster. 'Sorry,' zei ze. 'Ik zal het nooit meer doen.' De verkoopster glimlachte flauwtjes. 'Ja, ja,' zei ze. 'Dat zeggen ze allemaal.'

'Wat gebeurt er nu met dat papier?' vroeg Nikki, die al die tijd niets had gezegd.

'Dat gaat naar de politie,' antwoordde de bewaker. 'Je vriendin krijgt een bericht van justitie. Ik kan niet zien of ze al vaker iets heeft gestolen. Daarvan hangt af wat de straf wordt.'

Hij gaf Valerie een hand. 'Ik hoop oprecht dat je spijt hebt, dame! Stelen is niet de juiste manier om er leuk uit te zien.'

'Nee, meneer,' stamelde Valerie.

De bewaker gebaarde dat ze nog even moest blijven zitten en pakte zijn telefoon. Al bij de eerste woorden trok Valerie wit weg.

'Meldkamer, mag ik een verificatie van Joostmans, Orremakade tien.'

Valerie keek paniekerig naar haar vriendinnen, die ook direct doorhadden dat dit foute boel was. De bewaker trok haar gegevens na. Het zou niet lang duren voordat hij merkte dat Valerie valse gegevens had opgegeven. De hulpeloze blikken van haar vriendinnen maakten Valerie bang. Wat moest ze

121

doen? Er zat maar één ding op. Ze moest de waarheid vertellen.

Ze tikte op de arm van de bewaker. 'Meneer?'

De bewaker reageerde niet meteen.

'Meneer?' zei Valerie nu luider.

De bewaker keek op.

'Ik heb het verkeerd gezegd,' stamelde ze. 'Ik woon niet op de Orremakade.'

De bewaker zette de meldkamer in de wacht en keek naar Valerie. 'Vergissing?'

Valerie knikte. 'Sorry.'

Met een diepe zucht beëindigde de bewaker zijn telefoontje met de meldkamer en ging weer zitten. 'En deze keer geen geintjes, dame!'

Een paar minuten later was er een nieuw formulier ingevuld, had de bewaker al haar gegevens gecheckt en zat Valerie als een bang vogeltje in elkaar gedoken aan tafel. Haar vriendinnen zwegen al die tijd. Ze konden niets anders doen dan toekijken.

'Zo, dan hoop ik dat je beseft dat je met leugens niets opschiet.' De bewaker wenkte zijn collega en ze verdwenen.

Valerie voelde de tranen in haar ogen prikken. Hoe had ze zo stom kunnen zijn? Ze had nooit naar Saartje moeten luisteren.

Even later stonden de vier meiden op straat. Zwijgend liepen ze in de richting van het grote fietsenrek op het plein. De ergste drukte was al geweest.

Waarschijnlijk was het bezoek van Mark Didam al afgelopen.

'Sorry, Val,' zei Saartje toen ze uit het zicht van de winkel waren en ze gaf haar vriendin een schouderklopje.

'Ga weg!' riep Valerie en ze veegde een traan van haar wang. 'Het is allemaal jouw schuld!'

Saartje zweeg. Ieder woord was nu te veel. Het was inderdaad haar schuld. Valerie had gelijk. Door haar zat Valerie nu behoorlijk in de nesten.

'Rustig,' riep Nikki. 'Elkaar de schuld geven helpt niet echt. Het is gewoon oerstom! Stelen...' Ze zuchtte. 'Jee, Val... Hoe kon je dat nou doen?'

'Ik?' Valeries gezicht vertrok. 'Ik bedenk zoiets niet, hoor! Saartje kwam op het idee! Ze zei dat het een makkie was. Nou, dank je! En dat idee van een vals adres was ook al zo'n succes.'

'Saartje?' vroeg Nikki en ze keek Saartje vragend aan.

'Ja, wat nou?' riep Saartje. 'Kan ik er wat aan doen dat Val zo sloom reageert? Als ze gewoon was doorgelopen dan was er niets aan de hand geweest.'

'Hoor je wel wat je zegt?' Nikki schudde haar hoofd. 'Valerie is opgepakt voor winkeldiefstal en jij vindt haar sloom?'

'Doe niet zo dramatisch, zeg,' zei Saartje. 'Het was maar een T-shirt. Ze komt er wel met een waarschuwing van af.'

Nikki hapte naar adem.'Ben jij gek geworden of zo?

Stelen is verkeerd. Nu een T-shirt, straks een ring met diamanten.'

Heel even kruisten hun blikken elkaar en opeens wist Nikki waarom Saartje schrok. 'Die ring!' zei ze zacht. 'Die had je dus gestolen!' Saartjes woedende blik verraadde haar.

Nikki kon het niet geloven. Dat Saartje dingen overdreef en soms zelfs verzon om aandacht te trekken, wist ze. Maar dat ze ook zou stelen… Nee! Dat had ze nooit kunnen bedenken.

Nu waren ook Janine en Valerie een en al oor.

'Had je die ring gestolen?' vroeg Valerie, die steeds meer twijfelde of Saartje nog wel haar vriendin was.

'Nee, nee,' stamelde Saartje. 'Niet echt. Ik had hem geleend. Echt! Ik heb die ring weer teruggebracht.'

'En Jerry dan?' vroeg Janine, die zo langzamerhand niet meer wist wat ze moest geloven.

'Jerry bestaat echt… Ergens… Heus…' Saartje voelde zich in het nauw gedreven. 'Zeg, wat is dit? Een kruisverhoor?' Haar vechtlust kwam terug. 'Ik heb hier geen zin in, hoor!'

'Nee,' zei Nikki. 'Zodra het moeilijk wordt, krabbelt mevrouw terug.'

'Ik zou me doodschamen,' zei Janine tegen Valerie. 'Je hebt die man met een stalen gezicht allemaal verkeerde dingen verteld. Hoe kon je dat nou doen?'

Valerie voelde dat haar maag zich omdraaide. Het stelen van het shirt was niet goed geweest. Maar het voorliegen van die bewaker was misschien nog wel veel erger. Was ze echt zo slecht? Of kwam het door Saartje?

'Het ging vanzelf,' zei Valerie.

'Lekker dan,' riep Nikki. 'Je bedekt de ene fout met de andere en dan zeg je dat het vanzelf gaat? Je stond gewoon te liegen alsof het gedrukt staat. Lekkere vriendin ben jij.'

'Ach, mens,' riep Saartje. 'Alsof jij het allemaal zo goed weet.' Ze wendde zich tot Valerie. 'Laat ze maar kletsen, hoor. Ik blijf je beste vriendin... toch?'

Ze stak haar arm door die van Valerie en ging dicht tegen haar aan lopen. 'Nu heb je nog geen gaaf shirt voor die auditie. Zullen we nog langs de jeansstore fietsen?'

'Jij durft!' riep Nikki. 'En dan zeker weer een shirt in haar tas stoppen?'

'Nee, natuurlijk niet!' snauwde Saartje. Ze trok Valerie mee naar de fietsen. 'Gaan jullie maar ergens braaf in een hoekje spelen,' riep ze naar Janine en Nikki, die bleven staan. 'Wij gaan nog even shoppen, toch... Val?'

Valerie trok haar arm uit Saartjes greep en schudde haar hoofd. 'Ik voel me niet zo lekker. Ik ga liever naar huis,' zei ze.

Valerie haalde haar fietssleutel uit haar tas. 'Ik wil even helemaal niets.'

Ze maakte het slot open en trok haar fiets uit het rek. 'Tot morgen dan maar.'

Terwijl ze het plein af fietste, keek ze nog één keer om. Nikki en Janine hadden hun fiets al gepakt en stonden ook op het punt om weg te gaan. Saartje stond er wat verloren bij. Het was overduidelijk dat Janine en Nikki haar niet moesten op dit moment.

'Doei!' Valerie stak haar hand op en fietste de hoek van de straat om. Ze was blij dat ze weg kon en trapte stevig door. Ze wilde zo snel mogelijk naar huis. Wat een vreselijke dag! Nu had ze én geen T-shirt én een rotgevoel én misschien wel een bekeuring. En dat allemaal omdat Saartje... Nee, eerlijk blijven, sprak ze zichzelf in gedachten toe. Ik heb het zelf gedaan. Saartje had haar hooguit op ideeën gebracht. Het was haar eigen schuld en ze had ervan geleerd. Ze zou nooit meer iets stelen en nooit meer liegen! Wat een afgang!

Thuis aangekomen smeet ze haar fiets in de tuin en pakte haar sleutel. Niels, haar buurjongen, was in de tuin aan het voetballen.

'Hé, Val! Geslaagd?' riep Niels.

'Nee!' snauwde ze terug.

'O!' Niels grijnsde. 'Ik weet dat het voor meiden een zaak van leven of dood is als ze niets hebben om aan te trekken, maar zo chagrijnig hoef je daar nou ook weer niet van te worden, hoor!'

Valerie bleef staan. 'Sorry,' zei ze. 'Lekker getraind?'

Niels knikte. 'Zijn de andere meiden ook al naar huis?'

'Ja.' Valerie wilde het liefst het hele verhaal vertellen, maar besefte dat daar haar rotgevoel niet mee verdween. Het was beter als ze haar mond hield. 'Doei!' Ze stapte haar huis binnen en deed de deur achter zich dicht. Voorlopig wilde ze alleen zijn.

'Ik ben thuis!' Saartje smeet haar fietssleutel op de gangkast en gooide haar jas en tas op de grond. Het bleef stil in huis. 'Mam?'

Ze liep naar de huiskamer en zag het bekende gele briefje op de tafel liggen. Ze wist al wat erop stond.

Ben vanavond laat pas thuis.
Eten staat klaar.
Kus, mama

Saartje verfrommelde het papiertje en smeet het door de kamer. Ze had het zo beloofd! Kon ze dan op niemand meer rekenen?

Ze liet zich op de bank vallen en staarde naar het plafond. Het was niet eerlijk! Die Nikki pikte Myren in en nu ook haar vriendinnen. Nog even en ze had helemaal niemand meer. Dat haar plannetje vanmiddag mislukte was ook de schuld van Nikki. Doordat zij met Janine de winkel in kwam, raakte Valerie in paniek. Ze hadden meteen weg moeten rennen. Dan was er niets aan de hand geweest. Boos sloeg ze met haar vuist op de bank.

Alles ging de laatste tijd mis. En ze kon maar één persoon bedenken die de oorzaak was van alle ellende: Nikki! Sinds haar komst was alles anders geworden. Haar vriendschap met Janine en Valerie, de aandacht van de jongens in de klas en zelfs de meester werd door Nikki om een vinger gewonden. Werkelijk iedereen vond Nikki aardig. Had dan niemand door dat die meid link was? Dat ze met haar slijmerige, stoere gedrag alles verpestte?

De telefoon ging en Saartje liet zich van de bank vallen.

'Met Saartje.'

'Hoi, lieverd. Met mama. Ben je thuis?'

'Stomme vraag.'

Gelach aan de andere kant van de lijn.

'Wanneer kom je thuis?' vroeg Saartje.

'Onverwachte vergadering. Ik denk tegen achten. Red je het?'

'Altijd.' Saartje hield het kort. Het had toch geen zin om meer te zeggen dan nodig. Dat had ze de afgelopen jaren wel geleerd.

'Als er wat is, kun je bellen.'

'Ja, mam. Verder nog iets?'

'Nee, hoe was het op school?'

'Vertel ik nog wel, goed? Doei!'

Ze hing op. Klaar!

Ze smeet de telefoon op de bank en liep naar de keuken. Even later kwam ze terug met een grote zak chips en een glas cola. De magnetronschaal in de koelkast liet ze staan. Ze had geen trek in lasagne.

De afstandsbediening van de televisie lag op tafel en ze zette de tv aan. Ze zapte langs alle zenders, maar wist eigenlijk al dat er rond dit uur van de dag niets leuks uitgezonden werd. Alleen maar kletsprogramma's met zielige mensen, soaps die ze niet volgde en nieuwsberichten. Ze liet de tv staan op een muziekzender en trok de zak chips open.

'Gezellig zo, Saar,' riep ze en ze schrok van haar eigen stem.

Terwijl de muziek door de kamer galmde vroeg Saartje zich af wat Janine en Nikki uitspookten. Ze fietsten daarnet samen weg en ze wist zeker dat ze het op de terugweg over haar hadden. Aan hun blikken te zien waren ze behoorlijk pissig op haar. En waarom? Alleen maar omdat ze Valerie had willen helpen. Stank voor dank!

Saartje keek op haar horloge. Zou Valerie al thuis zijn? Ze pakte de telefoon op en aarzelde. Moest ze nu wel of niet bellen? Ze besloot te bellen. Ze kon het risico niet lopen om Valerie ook nog eens kwijt te raken.

De moeder van Valerie nam op.

'Hallo, met Saartje. Mag ik Valerie even?'

'Valerie heeft geen zin om met je te praten.'

'O.'

Er viel een stilte. De moeder van Valerie haalde diep adem. 'Ik denk dat je wel weet waarom.'

Saartje zweeg. Zou Valerie haar ouders alles verteld hebben?

'Ja, mevrouw.'

'Mooi, dan begrijp je ook dat Valerie voorlopig huisarrest heeft.'

'Ja.'

'Ik neem aan dat jouw ouders ook niet zo blij zijn met dit verhaal.'

Saartje aarzelde. Haar ouders wisten nog van niets en dat wilde ze voorlopig ook zo houden. 'Eh... nee.'

Het was even stil aan de andere kant van de lijn.

'Je hebt het ze toch wel verteld?' vroeg de moeder van Valerie. 'Of zijn je ouders nog niet thuis?'

Voordat Saartje antwoord kon geven, ging de stem verder. 'Ik ga ervan uit dat jij het ze vertelt vanavond, anders doe ik het, begrepen?'

'Ja, mevrouw.'

'En vergeet die ring niet.'

'Nee.' Saartje beet op haar lip.

'Dag, Saartje.'

'Dag, mevrouw.' Saartje drukte de verbinding weg en liet zich op de bank vallen. Dit was een totale ramp! Ze móést het nu wel vertellen. Als zij het niet deed, deed Valeries moeder het wel.

HOOFDSTUK 9

'Je bent weer te laat, dame!' Meester Kas keek naar Saartje, die in de deuropening stond. De kinderen uit de klas keken op van hun werk. 'Ik geloof dat we even moeten praten.'

'Sorry, meester,' zei Saartje. 'Verslapen.' Ze had geen zin om uit te leggen dat ze de hele nacht wakker had gelegen en pas tegen de ochtend in slaap was gevallen. Ze had de wekker niet gehoord en haar ouders waren al weer vroeg de deur uit gegaan.

Toen Saartje langs de tafel van de meester liep, pakte hij haar hand. 'Alles goed?'

Saartje verstijfde. 'Ja, hoor!'

De meester liet haar los. 'Je kijkt zo...' Hij aarzelde. 'Zo sip.'

Saartje haalde haar schouders op. 'Nee, hoor. Gewoon een beetje moe.'

'Laat geworden?'

'Valt wel mee. Beetje slecht geslapen.'

'Slecht geweten?' Meester Kas gaf haar een knipoog. Saartje kon het grapje op dit moment niet waarderen en haar onderlip trilde. Nog voordat ze iets kon zeggen, stond de meester op. Hij legde zijn hand op haar schouder en zei tegen de klas: 'Jullie werken even rustig door. Ik ben zo terug.'

Hij duwde Saartje in de richting van de deur. 'Kom,' zei hij zacht.

Nadat de deur achter de meester en Saartje was dichtgevallen, ontstond er geroezemoes in de klas.

'Wat is er met Saartje?' siste Thijs, die vooraan zat. 'Het leek wel of ze gehuild had.'

'Volgens mij begon ze ook bijna te huilen,' zei Renske, die vragend keek naar het groepje meiden dat achter in de klas zat. 'Jullie weten vast meer.'

Janine, Nikki en Valerie keken elkaar wat onnozel aan. Geen van drieën had behoefte om te reageren.

'Geen idee,' zei Janine, maar ze klonk niet zo zeker.

'Misschien iets met haar ouders?' riep Claire. 'Gingen die niet scheiden?'

'Doe niet zo belachelijk,' riep Valerie, die zich niet langer kon inhouden. 'Saartjes ouders gaan helemaal niet scheiden. Hoe kom je daar nou bij?'

'Gehoord,' mompelde Claire.

'Van wie?'

'Via via...'

'Lekker duidelijk,' zei Valerie. 'Neem van mij aan

dat er niets aan de hand is. Saartjes ouders zijn misschien wat minder vaak thuis dan andere ouders, maar dat komt door hun werk.'

'Maar wat is er dan?' riep Jochem, die naast Thijs zat. 'Ze zag er niet uit!'

'En jij trouwens ook niet,' riep Cem tegen Valerie.

Valerie haalde haar schouders op. 'Er is niets met mij, hoor.'

Op dat moment ging de deur van de klas weer open en Saartje stapte de klas in. Meester Kas volgde op de voet.

'Lekker opgeschoten, jongens?' riep de meester.

Alle gezichten bogen zich naar beneden en er werd ijverig gepend.

Saartje liep naar haar tafel en ging zitten.

'Taalboek, les drie,' zei de meester. 'Jullie hebben een uur.'

Nikki gluurde onder haar arm door naar Saartje, die naast haar zat. Ze schrok. Saartjes ogen waren rood en op haar wang zat een rode vlek. Had ze gehuild? Zwijgend pakte Saartje haar taalboek en schrift.

'Gaat het?' vroeg Janine.

Saartje knikte, maar zei niets.

'Wat is er?' fluisterde Janine, die ook doorhad dat Saartje zichzelf niet was.

'Niets!' Saartjes stem sloeg over. 'Niets!'

'Kom op,' zei Nikki. 'We zien heus wel dat er niet niets is.'

Saartje keek op. 'Bemoei je met je eigen zaken.'

Nikki was de afwijzende houding van Saartje wel gewend, maar dit keer nam ze er geen genoegen mee. 'Nee, dat doe ik niet!'

Ze gluurde naar de meester die bij de kast stond en bezig was met schriften sorteren. Zo te merken had hij niets in de gaten.

'Je hebt gehuild,' zei Nikki. 'Je bent te laat en zelfs de meester heeft met je gepraat. Je maakt ons niet wijs dat er niets is. Valerie heeft flink op haar donder gehad en volgens mij jij ook.'

'Laat me met rust,' siste Saartje.

'Doe niet zo flauw. We zijn vriendinnen!' fluisterde Nikki. 'We willen helpen.'

'Lekkere vriendinnen, zeg,' ging Saartje verder. 'Jullie lieten me gisteren gewoon stikken!'

'We lieten niemand stikken,' zei Nikki. 'Jij was eigenwijs.'

'O, dus nou is het allemaal mijn schuld?'

'Dat zeg ik niet.'

'Maar dat bedoel je wel.'

Nikki liet haar pen vallen. 'Ja, hoor eens... Als je zo chagrijnig blijft doen, houdt het op.'

'Mooi!' Saartje sloeg haar schrift open en begon te schrijven. 'Zullen we dan nu aan het werk gaan?'

Er werden wat veelbetekenende blikken gewisseld, maar het bleef stil. Janine, Valerie en Nikki hadden de boodschap begrepen en concentreerden zich nu

134

ook weer op hun werk. Tjonge, wat kon Saartje kop-
pig zijn, zeg!

In de pauze bleef Saartje nukkig. Ze wilde niet bij
haar vriendinnen op het bankje zitten en liep in haar
eentje wat doelloos rond op het schoolplein.
'Ze is echt boos,' zei Janine.
'Op ons?' vroeg Valerie, die haar straf geaccepteerd
had en over de ergste schrik heen was. Naar dat nieuwe shirt kon ze fluiten. Dat geld werd bij de bekeuring gelegd als die er zou komen. Ze hoopte dat ze
met alleen een waarschuwing weg zou komen, maar
zeker weten deed ze het niet.
'Ze is boos op zichzelf!' mompelde Nikki. 'Ze wil
gewoon niet toegeven dat ze fout zat.'
'Moet dat dan?' vroeg Valerie.
'Van mij niet,' zei Nikki. 'Maar Saartje zou het zichzelf een stuk makkelijker maken als ze eens toegaf
dat ze ook fouten maakt... net als iedereen.' Ze
rechtte haar rug toen ze zag dat Saartje in de buurt
van het bankje kwam. 'Saartje is ook maar een
mens!' riep ze net zo hard dat Saartje het kon horen.
'En fouten maken is menselijk, toch?'
Saartje bleef staan. Met haar rug naar de bank toe.
Het was duidelijk dat ze het gehoord had, maar ze
draaide zich niet om.
'Kom op, Saar,' riep Nikki. 'Doe niet zo stom.'
'Waarom ben je nou zo boos?' probeerde Valerie.

'We willen het goedmaken,' zei Janine.

Saartje draaide zich om. 'Er valt niets goed te maken. Het is allemaal mijn schuld, toch?'

Nikki schoof een stukje opzij en klopte met haar vlakke hand op de bank. 'Kom zitten.'

Mokkend liep Saartje naar de bank en ging tussen Nikki en Janine in zitten.

'Sorry,' zei Valerie.

'Waarvoor?' Saartje plukte aan haar broek.

'Dat ik niet met je wilde praten, gister.'

'Je moeder was boos.'

'Ja, en mijn vader helemaal. Ik heb een week huisarrest, moet een eventuele bekeuring zelf betalen en ze twijfelen over de auditie.'

'Wat?' Saartje schrok. 'Mag je niet?'

'Mijn ouders moeten erover nadenken. Ik baal echt. Als ik niet mag, dan...' Ze boog haar hoofd. 'Ik wil er nog niet aan denken.'

'Wat erg,' stamelde Saartje. 'Ik bedoel... Het is allemaal mijn schuld. Als ik niet...'

'Laat maar,' zei Valerie. 'Dat helpt nu toch niet meer.'

'Je had mij ook gebeld,' zei Nikki.

Saartje knikte. 'Ja, je moeder zei dat je niet thuis was.'

'Ik was wel thuis,' zei Nikki. 'Ja, sorry. Ik had geen zin in nog meer ruzie.'

Janine boog haar hoofd. 'Ik heb ook niet opgenomen toen je belde. Ik herkende je nummer en...'

'Maar ik wilde mijn excuses aanbieden!' riep Saartje verontwaardigd.

Er viel een stilte.

Saartje kneep haar vingers bijna fijn. Waarom zeiden ze nou niets?

'Dat wist ik niet,' zei Valerie toen.

'Ik ook niet,' sprak Janine.

'Hoe konden wij dat nou weten?' zei Nikki.

'Nee,' zei Saartje. 'Omdat jullie mij de kans niet gaven. Duh!' Ze trok een raar gezicht.

'En nu?' vroeg Nikki.

'Wat nu?'

'Nou, we luisteren nu wel naar je.'

Saartje hapte naar adem. 'Je bedoelt...'

Nikki knikte en keek op haar horloge. 'Ja, als je snel bent, red je het nog voor de bel gaat.'

'Dat... dat...' Saartje keek van de een naar de ander. 'Dat gaat niet op commando.'

'Waarom niet?'

Saartje voelde haar lip weer trillen. Ze was op. Ze had de hele nacht wakker gelegen. De angst om haar vriendinnen kwijt te raken was nog nooit zo sterk geweest. Steeds maar weer zag ze de beelden van die dag in gedachten voor zich. Valerie die bijna in de gevangenis was beland door haar schuld, Nikki en Janine die haar veroordelend hadden aangekeken, het lege huis waarin ze thuiskwam, haar ouders die door het lint gingen toen ze het vertelde... Het was haar allemaal te veel geworden. Huilend had ze zich-zelf in slaap proberen te krijgen, maar haar angst en schaamte hadden haar klaarwakker gehouden. Haar moeder was 's avonds nog even bij haar gekomen en ze hadden gepraat. Alles kwam eruit. Dat ze zich vaak zo alleen voelde, dat ze het fijn vond om spontaan over van alles en nog wat te praten, dat ze zo graag wilde dat haar ouders wat meer thuis waren.

Iedereen liet haar stikken. Was ze dan zo slecht? Ze had al vaker dingen gestolen. Die ring en de sjaal. En het verhaal over Jerry had ze moeiteloos verzonnen. Ze was het zelf bijna gaan geloven. Waarom deed ze zo? Stelen, liegen... Waarom? Ze vond het vreselijk, maar toch deed ze het steeds weer.

Haar moeder had echt geluisterd en beloofd dat het van nu af aan anders zou gaan. Toen het bijna licht werd, was ze in slaap gevallen. Doodop en met rood-omrande ogen van het huilen. Vanochtend vroeg moesten haar ouders op tijd de deur uit. Haar moeder had haar even geknuffeld en had haar gevraagd of ze lekker geslapen had. Nog slaperig had Saartje geantwoord dat het goed was en toen waren haar ouders vertrokken. Toen ze de voordeur dicht hoorde gaan, besefte ze dat ze weer alleen was. En die angst... de angst om alleen te zijn, was verschrikke-lijk. Ruim een halfuur lang had ze onder de douche gestaan. Alsof het warme water al haar nare gevoelens weg moest spoelen. Het hielp niet.

Terwijl ze zich afdroogde, had Saartje een besluit genomen. Ze wilde niet meer stoer zijn of brutaal. Ze was geen bitch. Diep vanbinnen was ze juist bang en onzeker, maar dat verborg ze door haar stoere gedrag. Dat was vanaf nu over! Ze zou iedereen eens laten zien hoe aardig ze was en hoe lief.

Toen ze vanochtend de klas binnen stapte, had ze geaarzeld. Wat zouden ze wel niet denken?

Vooral toen Nikki vragen ging stellen, was ze automatisch weer in de verdediging gegaan. Het was de makkelijkste weg, maar ze wist dat het haar niet verder hielp.

Nu zat ze hier, tussen haar vriendinnen. Het voelde doodeng om zich anders te gedragen, maar het moest.

'Het spijt me,' mompelde ze. 'Van alles.'

Niemand zei iets.

'Ik had die ring nooit mogen stelen en het verhaal over Jerry was gelogen.' Saartje keek naar de tegels voor haar op de grond. 'En het spijt me dat ik Valerie heb gepusht om dat shirt te stelen. Echt, dat was stom!'

Valerie opende haar mond om wat te zeggen, maar Nikki schudde haar hoofd en keek haar doordringend aan. Saartje was nog niet klaar.

'Ik weet ook niet waarom ik zo doe,' ging Saartje verder. Ze probeerde haar gedachten te ordenen. 'Het gebeurt gewoon. Het is net of de wereld leuker wordt als iedereen naar me luistert.'

Ze zuchtte. 'Nou ja, dat was het. Ik wil heel graag vriendinnen blijven met jullie.'

Ze keek naar Valerie. 'En als je nog naar die auditie mag, dan mag je mijn shirt lenen.'

Valerie kon zich niet langer inhouden. 'Tuurlijk zijn we vriendinnen.' Ze sloeg een arm om Saartje heen. 'Toch?' Ze keek naar Janine en Nikki, die knikten. Op dat moment ging de bel en iedereen stoof naar de deur.

'Net op tijd,' zei Nikki grijnzend.

'O ja,' zei Saartje. Het voelde goed om alles te vertellen. 'En het spijt me ook dat ik jaloers was op jou en Myren.'

'Zo kan-ie wel weer,' zei Nikki. 'We moeten nog wel een beetje onze oude Saartje kunnen herkennen.'

Ze liepen de klas in.

'Je ziet er een stuk beter uit,' riep Thijs en hij gaf Saartje een knipoog.

Saartje liep verlegen naar haar tafel.

'Hij vindt je echt leuk,' fluisterde Janine.

Saartje keek om. Thijs zwaaide en ze stak haar hand op. 'Zou je denken?' siste ze tussen haar tanden door.

'Ik weet het wel zeker,' zei Janine. 'Niels heeft het me zelf verteld.'

'Echt?' Saartje ging zitten. 'Thijs? Op mij?'

'Ik heb gezegd dat je nog een beetje op Myren bent,' ging Janine verder.

Saartjes gezicht betrok. 'Wat?! Waar bemoei jij...'

Ze stokte en keek verschrikt. 'Oeps, nou deed ik het weer. Sorry!'

Nikki schoot in de lach. 'Zeg, Saar... Als je zo doorgaat, wordt het wel erg saai met jou.'

'Vind je?' Saartje straalde. 'Het voelt anders best goed.'

Thijs kwam naar hen toe. 'Jullie hebben het toch niet over mij, hè?'

'Welnee, hoe kom je daar nu bij?' zei Nikki.

Saartje keek op. 'Zou je dat willen dan?'

Thijs voelde zich duidelijk ongemakkelijk onder de onderzoekende blik van Saartje. 'Eh... Nee, nou ja...'

'Vind jij mij leuk?' Saartje schrok van haar directheid.

'De nieuwe Saar,' mompelde Nikki met een grijns.

Thijs zijn ogen glinsterden. 'Best wel,' zei hij.

Er klonk gejoel en zelfs Nikki floot tussen haar tanden.

'Misschien moeten wij samen eens gaan shoppen,' zei Thijs. 'Dat vind je toch leuk?'

Saartje verbleekte en heel even voelde ze zich weer in de verdediging schieten. Wat bedoelde Thijs met die opmerking? Wist hij van de ring? Of van gister? Ze voelde een klap op haar schouder. Nikki's hand kneep in haar huid. 'Ik heb Myren verteld dat meisjes het liefst de hele dag door shoppen.'

Saartje ontspande. 'O, ja... dat is waar.' Ze keek Thijs glimlachend aan. 'Maar weet je... Ik heb voorlopig wel genoeg geshopt. Het lijkt me leuk om eens iets totaal anders te doen.'

'Computeren?' Thijs klonk aarzelend. Hij wist dat Saartje een ster was met computers.

'Wat vind jij leuk?' vroeg Saartje.

'Meisjes!' riep Niels. 'Thijs is gek op meiden.'

Op dat moment kwam de meester binnen.

'Wat hoor ik daar? Is Thijs gek op meiden?'

Hier en daar werd gegrinnikt en iedereen ging naar zijn eigen tafel toe.

'Hij is op Saartje, mees!' riep Claire.

'Nou, als Saartje dan ook op Thijs is, dan hebben we drie stelletjes in deze klas.'

'Ik weet het nog niet, meester,' zei Thijs die zich weer hersteld had. 'U kwam net binnen toen ik het vroeg.'

De meester keek naar Saartje die achter in de klas op haar stoel heen en weer wiebelde. 'En? Ben jij ook op Thijs?'

Het werd doodstil in de klas.

Heel even keek Saartje naar Myren en toen naar Thijs. Het viel haar nu pas op dat Thijs veel knapper was dan Myren. En zijn ogen. Die hadden haar daarnet zo lief aangekeken. Saartje voelde haar buik nog kriebelen. Thijs was niet zo populair als Myren, maar dat maakte haar eigenlijk niets meer uit. Hij was knap, lief en vooral lekker brutaal. Daar hield ze van.

Saartje lachte. 'Misschien,' zei ze. 'Hij moet er natuurlijk wel wat voor doen.'

'Ze gaan shoppen,' riep Cem. 'Dat wordt een dure, Thijs!'

'Meiden willen altijd wat kopen,' grapte Freek.

De meester glimlachte. 'Samen een ijsje eten kan ook heel romantisch zijn.'

Er werd gejoeld en de meester gebaarde om stilte. 'Een wijze les voor de jongens: meiden houden van shoppen,' legde hij uit. 'Maar dan wel na schooltijd. We gaan eerst maar eens lekker aan het werk.'